KB187338

宮本武蔵

요시카와 에이지 대하소설

미야모토 무사시

10

엔메이 円明 의 권 下

it 잇북 BOOK

차례

뜻밖의 소식

1

가을로 접어들면서 무사시武蔵와 마타하치又八 등이 오카자키岡崎를 떠나 교토京都로 향하던 무렵 이오리伊織는 나가오카 사도長岡佐渡와 함께 배편으로 부젠豊前으로 향했고, 사사키 고지로佐々木小次郎 역시 같은 배를 타고 고쿠라小倉로 돌아가고 있었다.

오스기お杉는 작년에 고지로가 에도江戸에서 고쿠라로 갈 때 중간까지 같이 가다 집안일과 제사 문제 등으로 잠시 미마사카美作의 고향으로 돌아갔다.

다쿠안沢庵도 에도를 떠나 근래엔 고향인 다지마但馬에 있다는 소문이 들렸다.

올가을, 그들의 행적과 소재는 이상과 같이 대강은 알 수 있었지만, 조타로城太郎의 소식만은 나라이奈良井의 다이조大蔵가

도망친 것을 전후로 해서 완전히 끊기고 말았다.

또 한 사람, 아케미朱実 역시 어떻게 됐는지 전혀 소식을 알수 없었다.

그리고 당장에 생사조차 걱정되는 것은 구도 산九度山으로 끌려간 무소 곤노스케夢想権之助였는데, 그 문제는 이오리가 나가오카 사도에게 이야기한다면 사도의 교섭 수완으로 어떻게든 구해낼 방법이 마련되지 싶었다.

하기야 그전에 '간토関東의 첩자'라는 의심을 받아 구도 산 사람들에게 살해당했다면 교섭할 여지도 없는 일이었지만, 현명한 유키무라幸村 부자의 눈에 띄었다면 그런 혐의는 당장에 풀렸을 것이고, 어쩌면 이미 자유의 몸이 되어 오히려 이오리의 신변을 걱정하며 찾고 있을지도 모를 일이었다.

그런데 여기 한 사람, 몸은 무사하지만 슬픈 운명에 처한 사람이 있었다. 앞서 말한 그 누구보다도 우선 그에 대해 이야기해야 할 것이다. 바로 오쓰お通다.

무사시로 인해 살기로 했고, 희망도 가졌고, 오로지 여인의 길을 가기 위해 야규柳生 성을 떠난 뒤 혼기가 지나버린 짝 잃은 원앙처럼 홀로 뭇사람들의 의심의 눈초리를 받으며 헛되이 이곳저곳을 떠돌아다니던 그녀는 대체 이 가을에 어디에서 무사시와 같은 달을 보고 있을까?

"오쓰, 있는가?"

"예. 누구십니까?"

"만베에万兵衛네."

만베에가 귤껍질이 하얗게 붙어 있는 섶나무 울타리 너머에서 얼굴을 쳐들었다.

"어머, 삼베집 아저씨 아니세요?"

"언제 봐도 부지런하구먼. 일하고 있는 데 방해해서 미안하지만 잠시 할 얘기가 있어서……."

"예, 들어오세요. 그 문을 열고 들어오시면 돼요."

오쓰는 쪽빛으로 물든 손으로 머리에 쓰고 있던 수건을 벗었다.

이곳은 시카마 강志賀磨川이 바다로 흘러들어가는 반슈播州의 시카마飾磨 포구였는데, 강 하구가 세모꼴로 이루어진 어촌이었다.

하지만 지금 오쓰가 서 있는 곳은 주위의 소나무 가지나 바지랑대에 걸려 있는 쪽빛으로 물들인 천을 보면 알 수 있듯이 어부의 집이 아니라 세상에 시카마 염색이라고 알려진, 쪽염을 업으로 삼고 있는 작은 염색집 마당이었다.

2

이런 작은 염색집이 바닷가 부락에 몇 채나 있었다.

염색법은 쓰키조메搗染라고 해서 염료에 담갔던 쪽빛 천을 절구통에 넣고 절굿공이로 찧는 작업을 몇 번이고 반복하는 것이다. 그래서 이곳의 쪽염은 실로 기울 때까지 입어도 색이 바래지 않아서 많은 곳에서 찾았다.

절구를 손에 들고 절구통에 넣은 쪽빛 천을 찧는 건 젊은 처녀들의 일이었는데, 그녀들이 부르는 노랫소리는 바닷가 어디에서도 들을 수 있었다. 그리고 마을 사람들은 종종 마음에 담아놓은 뱃사람이 있는 처녀의 노랫소리는 그 목소리만 들어도 알 수 있다고 했다.

그러나 오쓰는 노래를 부르지 않았다. 그녀가 이곳에 온 것은 여름 무렵이었는데, 절구를 찧는 일도 아직 익숙해지지 않았다.

지금 생각해보면 지난여름, 한낮의 폭염 속에서 한눈 한 번 팔지 않고 센슈泉州의 사카이堺에 있는 고바야시 다로자에몬小林太郎左衛門의 가게 앞을 지나 항구 쪽으로 걸어가던 여인이 있었는데, 당시 이오리가 얼핏 본 그 여인이 바로 오쓰였는지도 모른다. 왜냐하면 마침 그 무렵에 오쓰가 사카이의 항구에서 아카마가세키赤間ヶ関로 가는 배를 탔고, 그 배가 시카마에 정박했을 때 이곳에 내렸기 때문이다.

그렇다면 정말 안타까운 일이 아닐 수 없다. 운명을 모르는 인간의 비애.

그녀가 타고 온 배는 해운업자인 다로자에몬의 배가 틀림없었다. 그 후 날짜만 다를 뿐 같은 사카이 항구를 떠난 다로자에 몬의 배에는 호소카와細川 가의 무사들이 타고 있었고, 그 뱃길 을 나가오카 사도와 이오리, 그리고 사사키 고지로도 지나갔다.

배들은 늘 시카마의 포구에 들렀기 때문에 설사 사사키나 사 도와는 얼굴을 마주쳐도 모르고 지나쳤겠지만 어째서 이오리와 는 만나지 못했을까. 친누나를 그토록 애타게 찾아다니는 이오 리와 같은 바닷가에 내렸으면서도 말이다.

아니, 만나지 못한 것이 어쩌면 당연하다고도 할 수 있다. 배 에 호소카와 가의 가신들이 타고 있었기 때문에 선실이나 선수 에 있는 자리에는 휘장이 쳐져 있었고, 장사꾼이나 농부, 순례자, 승려, 예인과 같은 평민들은 모두 상자 같은 배의 밑바닥에 격리 되어 그들과의 교류가 일체 이루어지지 않았다. 또 시카마에 정 박했을 때도 오쓰가 배에서 내린 것은 새벽 미명의 어두울 때였 으니 이오리가 그 또한 알 리가 없었다.

시카마는 오쓰의 유모乳母가 사는 마을이었다. 오쓰가 이곳에 온 것에서부터 추측해보면, 지난봄에 야규를 떠나 에도로 갔을 때는 이미 무사시와 다쿠안도 떠난 뒤여서 야규 가와 호조北条 가를 찾아가서 무사시의 소식을 듣고 다시 무사시를 찾아다니 다 이곳까지 오게 된 듯했다.

이곳은 히메지姬路 성시와 가깝기도 했고, 동시에 그녀가 자 란 고향인 미마사카의 요시노고吉野鄉와도 그리 멀지 않았다.

싯포 사七宝寺에서 자랄 때 오쓰를 돌봐준 유모가 이 시카마의 염색집 아낙이었다. 오쓰는 그것을 떠올리고 이곳에 와서 몸을 의탁했지만, 고향에서 가까운 곳이어서 밖으로는 나다니지 않았다.

유모는 이미 쉰에 가까운 나이였지만 자식이 없었다. 게다가 가난했기 때문에 오쓰는 아무것도 하지 않는 것이 마음에 걸려 절구 찧는 일을 도우면서 이곳에서 멀지 않은 주고쿠中國 가도에서 들려오는 소문에 혹시 무사시의 소식이라도 들을 수 있지 않을까 하여 가을 햇살 아래 염색집 마당에서 노래도 부르지 않고 다년간 '만나지 못한 사랑'을 가슴속에 품은 채 매일 묵묵히 절구질을 하고 있었던 것이다.

그런 오쓰에게 무언가 할 얘기가 있다며 찾아온 만베. 그는 이웃에 사는 삼베집 주인이었다.

'무슨 일이지?'

오쓰는 쪽빛으로 물든 손을 강물에 씻는 김에 땀이 송골송골 맺힌 아름다운 이마도 닦았다.

3

"공교롭게도 아주머니께서 집을 비우셨네요. 우선 여기 앉으세요."

안채 마루 쪽에 앉기를 권하자 만베에는 손을 저으며 선 채로 이야기했다.

"아니네. 나도 바빠서 오래 있을 순 없네. 자네 고향이 사쿠슈作州의 요시노고라고 했는가?"

"예."

"난 오랫동안 다케야마竹山 성의 성시인 미야모토宮本 마을에서 시모노쇼下ノ庄 부근으로 종종 삼베를 사러 가는데 얼마 전에 그곳에서 우연히 어떤 소문을 들었네."

"소문이라니요? 누구요?"

"자넬세."

"예?"

"그리고……."

만베에는 싱글싱글 웃으면서 말했다.

"미야모토 마을의 무사시라고 하는 자의 이야기도 나오곤 하더군."

"예? 무사시 님이요?"

"낯빛이 다 바뀌는구먼. 하하하하."

가을 햇살이 만베에의 얼굴에서 번들번들 빛나고 있었다. 만베에는 더운 듯 정수리에 접은 수건을 올리며 땅에 쪼그리고 앉았다.

"오긴お吟 님이라고 알지?"

오쓰도 쪽빛으로 물든 천을 담아둔 나무통 옆에 쪼그리고 앉아서 물었다.

"오긴 님이라면 그…… 무사시 님의 누님 되시는 분 말씀인가요?"

"그래."

만베에는 고개를 크게 끄덕였다.

"그 오긴 님을 사요佐用의 미카즈키三日月 마을에서 만났을 때 자네 얘기가 나왔는데 깜짝 놀라더구먼."

"제가 이 집에 있다고 말씀하셨나요?"

"말했네만, 뭐 나쁠 것도 없잖나. 일전에 이 댁 아주머니가 만약 미야모토 마을 근처에 갔다가 무사시 님의 소문이라도 듣거든 무엇이든 좋으니 알려달라고 부탁해서 마침 자네가 보이기에 말해준 것이네."

"오긴 님은 지금 어디 살고 계시죠?"

"히라타平田 아무개라고 하던데, 이름은 잊었지만 미카즈키 마을의 고시郷士(농촌에 토착해서 사는 무인, 또는 토착 농민으로 무인 대우를 받는 사람) 집에 있다더군."

"친척집인가요?"

"아마 그럴 거야. 하여간 오긴 님이 말씀하시길 할 얘기도 태산이고 은밀히 알려줄 일도 있지만, 무엇보다도 너무 그립다, 꼭 만나고 싶다며 길거리라는 것도 있고 눈물까지 글썽였네."

오쓰도 이내 눈시울이 붉어졌다. 사랑하는 사람의 누나라는 말만으로도 그리움이 밀려왔는데, 고향에 있을 때의 추억들이 갑자기 떠올라 가슴이 미어졌을 것이다.

"그런데 하필 길거리라 편지를 쓸 순 없지만, 가까운 시일 내에 꼭 미카즈키 마을의 히라타 댁으로 찾아와달라고 신신당부하며 자신이 오고 싶은 마음이야 간절하지만 그럴 수 없는 사정이 있다고 하더군."

"그럼 저보고 찾아오라는……?"

"그렇네. 자세한 이야기는 하지 않았지만, 무사시 님한테 이따금 편지도 온다더군."

오쓰는 이야기를 듣고 당장이라도 가야겠다고 마음을 먹었지만 몸을 의탁하고 있는 이 집의 유모가 자신을 걱정해주고 의논 상대도 되어주는데 한 마디 말도 없이 떠날 수는 없었다.

"갈지 못 갈지 저녁때까지 답을 드리겠습니다."

만베에는 꼭 가서 만나보라고 하며 내일은 자기도 사요에 갈 일이 있으니 마침 잘됐다고 덧붙였다.

섶나무 울타리 밖에서는 나른한 파도 소리가 끊임없이 들려오고 있었다. 그런데 아까부터 그 울타리를 등지고 무릎을 끌어안은 채 바다를 향해 멍하니 생각에 잠겨 있는 젊은 무사가 있었다.

4

젊은 무사는 열여덟이나 열아홉쯤 되었을까, 어쨌든 아직 스무 살을 넘긴 것 같지는 않았다. 옷차림이 늠름하다.

여기서 불과 15리밖에 떨어지지 않은 히메지 사람으로 보인다. 이케다池田 가에 소속된 가신의 자제가 틀림없는 듯했다.

낚시라도 온 건가?

그러나 고기 바구니나 장대 같은 낚시 도구는 들고 있지 않았다. 아까부터 염색집 울타리에 등을 기대고 모래가 많은 언덕 위에 앉아 때때로 모래로 장난을 치고 있었는데, 그런 모습으로 봐서는 아직 어린아이 같았다.

"오쓰, 그럼⋯⋯."

울타리 안에서 만베에의 목소리가 들렸다.

"저녁때까지 답을 주게. 사정이 있어서 난 아침 일찍 떠나야 되니까."

철썩철썩, 모래사장을 때리는 파도 소리 외에는 아무 소리도 들리지 않는 한낮이어서 만베에의 목소리는 유달리 크게 들렸다.

"예. 저녁때까지는 답을 드리겠습니다. 고맙습니다."

오쓰의 낮은 목소리조차 크게 들렸다.

사립문을 열고 만베에가 나가자 그때까지 울타리 아래에 앉아 있던 젊은 무사가 벌떡 일어나더니 만베에의 뒷모습을 날카로운 눈초리로 바라본다. 하지만 얼굴이 은행잎 모양의 삿갓에 가려져 있어서 얼굴에 어떤 감정을 숨기고 있는지 옆에서 봐서는 알 수 없었다.

다만 수상한 것은 만베에가 가는 모습을 지켜보고 나더니 이번엔 자꾸 울타리 안을 기웃거리는 것이었다.

"······."

쿵쿵, 이젠 절구 찧는 소리가 들리고 있었다. 오쓰는 아무것도 모르는 듯 만베에가 돌아가자 다시 절구에 넣은 쪽빛 천을 찧고 있었다. 다른 염색집 마당에서 똑같은 절구 소리와 처녀의 노랫소리가 한가로이 들려왔다.

오쓰의 절굿공이에도 아까보다 힘이 더 들어가 있었다.

내 사랑은
물이 들어야
더 아름다워지네.
시카마 천처럼
고운 색은 아닐지라도.

노래를 부르지 않는 오쓰는 가슴속으로 이런 노래를 흥얼거리고 있었다. 편지를 보내곤 한다니 오긴을 만나면 그리운 사람의 소식을 분명 알 수 있을 것이다.

여자의 마음은 여자만이 알 수 있는 법. 오긴이라면 자신의 마음도 털어놓을 수 있다. 무사시의 친누나. 오긴은 분명히 자신을 동생이라 여기고 이야기를 들어줄 것이다.

오쓰의 마음은 벌써 다른 곳에 가 있는 듯했다. 실로 오랜만에 마음이 밝아졌다. 늘 하염없이 슬픈 파도의 일렁임만 보이던 바다색까지 오늘은 찬란하게 빛을 발하며 희망을 노래하고 있는 듯했다.

오쓰는 절구질을 끝낸 천을 높은 장대 위에 널고 외로운 마음을 달래면서 아무 생각 없이 만베에가 활짝 열어놓고 간 사립문을 나가 바닷가를 바라보았다.

그런데 파도가 치는 물가 저편에서 삿갓을 쓴 사람이 옆에서 불어오는 바닷바람을 맞으며 한가로이 걸어가고 있었다.

"……?"

오쓰는 무심코 바라보고 있었다. 하지만 딱히 별다른 생각이 드는 것도 아니었다. 달리 눈길을 줄 만한 새 한 마리도 보이지 않는 바다였다.

5

염색집 아주머니와 의논한 후 만베에와 약속을 잡은 다음 날

아침이었다.

"그럼, 번거로우시더라도 부탁드리겠습니다."

오쓰는 삼베집으로 찾아가 만베에와 함께 시카마 어촌을 떠났다. 시카마에서 사요의 미카즈키 마을까지는 여자의 걸음으로도 이틀이면 느긋하게 갈 수 있는 거리였다.

두 사람은 멀리 북쪽의 히메지 성을 바라보며 다쓰노龍野 가도로 접어들었다.

"오쓰."

"예."

"걷는 덴 이골이 난 모양이야."

"예. 여행에는 비교적 익숙하니까요."

"에도까지 찾아갔다면서? 여자 혼자 몸으로 참 용하네."

"염색집 아주머니가 그런 이야기까지 하셨나요?"

"다 들었네. 미야모토 마을 사람들도 모두 알고 있었고."

"부끄럽습니다."

"부끄러울 게 뭐가 있나. 사모하는 사람을 그렇게까지 따르는 그 마음이 갸륵하지. 그런데 자네 앞에서 이런 말하긴 뭐 하지만 무사시 님도 좀 박정한 것 같아."

"그렇지 않아요."

"원망도 하지 않고. 참으로 기특하네."

"그분은 그저 수련에만 열중하고 계세요. 그런데도 단념하지 못하는 제가……."

"나쁘다는 겐가?"

"죄송할 뿐이죠."

"흐음…… 내 마누라한테도 들려주고 싶군. 여자란 자고로 자네 같아야 하는 법이거늘."

"오긴 님은 아직 시집을 가지 않고 친척집에 계시는 건가요?"

"글쎄, 거기까진……."

만베에가 말끝을 흐리며 화제를 돌렸다.

"저기 주막이 있군. 잠깐 쉬었다 가도록 하세."

두 사람은 길가에 있는 주막에 들어가 차를 마시고 도시락 뚜껑을 열었다. 그때 지나가던 마부와 짐꾼 들이 만베에에게 허물없이 말을 걸었다.

"어이, 시카마의 만베에. 오늘은 한다半田 노름판엔 들르지 않는가? 일전에 자네에게 돈을 잃었다고 다들 분해하고 있던데."

"오늘은 말이 필요 없나 봐."

만베에는 그들의 앞뒤가 맞지 않는 말을 무시하고 서둘러 주막을 나왔다. 두 사람이 주막을 나오자 마부들이 뒤에서 말했다.

"무뚝뚝한 줄 알았더니 오늘은 웬일로 저리 아리따운 아가씨와 일행인가?"

"마나님한테 일러줄 걸세."

"하하하, 대답도 하지 않는구먼."

만베에는 가게의 규모는 작지만 인근 마을에서 사 모은 삼베를 어부의 딸이나 아내들에게 일거리로 준 다음, 돛대 줄이나 밧줄로 만들어서 파는 한 가게의 주인이다. 그런 그에게 길가의 짐꾼들이 마치 친구처럼 허물없이 말을 거는 것이 어딘지 이상했다. 만베에도 마음이 쓰였는지 한동안 걸어가다 오쓰가 들으라는 듯 중얼거렸다.

"버르장머리 없는 놈들. 늘 짐꾼으로 써주니까 저리 만만하게 보고 아무 말이나 지껄이는군."

하지만 그 마부들보다 더 주의해야 할 사람이 방금 쉬었던 주막 근처에서부터 따라오고 있는 것을 만베에는 까맣게 모르고 있었다.

어제 바닷가에 있던 삿갓을 쓴 젊은 무사였다.

풍문

1

지난밤에는 다쓰노에서 묵었다. 만베에는 내내 변함없이 친절했다.

그리고 오늘 두 사람이 사요의 미카즈키 마을에 도착한 것은 산 여울에 뉘엿뉘엿 해가 지는 가을 저녁 무렵이었다.

"아저씨."

고단한지 말없이 앞에서 걸어가는 만베에를 오쓰가 부르며 물었다.

"여기가 벌써 미카즈키 마을 아닌가요? 저 산만 넘으면 사누모讚甘의 미야모토 마을인데."

"잘 아는구먼."

만베에도 걸음을 멈추었다.

"미야모토 마을과 싯포 사도 바로 저 산너머네. 그립지 않은가?"

21

"……."

오쓰는 그저 해질녘의 하늘에 까맣게 이어져 있는 산등성이를 바라볼 뿐 아무 대답이 없었다.

그곳에 있어야 할 사람이 없는 산천은 너무나 쓸쓸하다. 그저 아무 의미 없는 자연에 지나지 않았다.

"얼마 안 남았네. 피곤하겠지만 힘을 내게."

만베에는 다시 걷기 시작했다. 오쓰도 뒤따라 걸으며 말했다.

"저는 괜찮아요. 아저씨야말로 피곤하시겠어요."

"나야 뭐, 늘 일 때문에 다니는 길인걸."

"오긴 님이 계시는 고시 댁은 어디쯤이죠?"

"저기야."

만베에는 손을 들어 가리키며 걸음을 재촉했다.

"오긴 님도 분명 기다리고 있을 게야. 어서 가세."

이윽고 산 여울에 이르자 여기저기에 집들이 보였다. 이곳은 다쓰노 가도의 역참이어서 마을이라고 할 만큼 가구 수는 많지 않았지만, 밥집과 마부들이 묵는 싸구려 여인숙 등이 길 양쪽에 늘어서 있었다.

만베에는 그곳을 그냥 지나쳐서 산을 향해 난 돌층계를 오르기 시작했다.

"좀 오르막이네."

삼나무에 둘러싸인 마을 사당의 경내였다. 오쓰는 추위에 울부짖는 새소리에 문득 자신이 위험한 곳으로 가고 있는 듯한 느낌이 들어 물었다.

"아저씨, 길을 잘못 든 거 아닌가요? 이 부근에는 집도 보이지 않는데요."

"오긴 님을 불러오는 동안 적적하겠지만 사당 마루에서 기다려줘야겠네."

"불러오신다고요?"

"내가 깜빡 잊고 말을 못했는데 오긴 님이 말하길 우리가 집에 찾아왔을 때 마주치면 거북한 손님이 있을지도 모르니 오기 전에 미리 귀띔을 해달라고 했네. 오긴 님은 이 숲을 지나 저쪽 밭에 있네. 금방 데리고 올 테니 잠깐만 기다리고 있으면 돼."

삼나무 숲속은 어느새 어두워졌다.

만베에는 총총걸음으로 삼나무 숲의 샛길로 사라졌다. 남을 의심할 줄 모르는 성품인 오쓰는 그래도 아직 만베에의 거동에 대해 의심할 생각을 하지 못했다. 그가 시키는 대로 순순히 산신을 모신 사당 마루에 걸터앉아 저녁 하늘을 바라보고 있었다.

"……"

하늘이 점점 어두워졌다. 문득 주변으로 시선을 떨어뜨려보니 가을바람에 날린 낙엽이 하나둘 무릎 위에 내려앉았다.

오쓰는 낙엽 하나를 손으로 집어 빙글빙글 돌리면서 참을성 있게 만베에를 기다렸다. 그런데 그때 어리석은 것인지 순진한 것인지 마치 소녀 같은 오쓰의 그런 모습을 보고 사당 뒤편에서 누군가 깔깔 웃는 자가 있었다.

2

"……?"

오쓰는 깜짝 놀라서 사당 마루에서 벌떡 일어났다. 여간해선 남을 의심하지 않는 그녀는 그런 성격으로 인해 뜻밖의 일을 당하면 다른 사람보다 더 심하게 놀라고 더 쉽게 두려움에 떤다.

"오쓰, 꼼짝 말거라!"

사당 뒤에서 들려오던 웃음소리가 멎은 순간, 같은 곳에서 뭐라 말로 표현하기 어려울 만큼 무시무시한 노파의 쉰 목소리가 들렸다.

"앗!"

오쓰는 저도 모르게 두 손으로 귀를 막았다. 그렇게 무서우면 얼른 도망치면 될 텐데 오쓰는 그러지도 못하고 그 자리에 얼어붙은 채 꼼짝 못하고 떨고만 있었다.

그때 사당 뒤편에서는 벌써 몇 사람이 튀어나와서 그녀 앞에 서 있었다. 눈을 감고 귀를 막아도 그녀에게는 그들 중 오직 한 사람만 유난히 크게 보였다. 악몽을 꿀 때마다 나타나는 머리가 새하얀 노파였다.

"만베에, 수고했네. 사례는 나중에 하지. 그리고 여보게들 저년이 비명을 지르기 전에 입에 재갈을 물려서 시모노쇼의 집까지 어서 끌고 가게."

오스기는 오쓰를 가리키며 염라대왕처럼 말했다.

고시인 듯한 네다섯 명의 사내들은 모두 오스기의 일족으로 보였다. 오스기의 한마디에 사내들은 큰 소리로 대답하며 먹이를 놓고 싸우는 늑대처럼 오쓰에게 달려들어 그녀를 꽁꽁 묶었다.

"지름길로 가세."

"저기야."

사내들은 오쓰를 끌고 달려가기 시작했다.

오스기는 미소를 띤 채 그 모습을 지켜보며 뒤에 남아 있었다. 그녀는 만베에에게 약속한 수고비를 주려는지 허리끈 속에서 준비해온 돈을 꺼내 건네며 말했다.

"잘될지 걱정이 앞섰는데, 용케 꾀어내서 데리고 왔구먼."

오스기는 일단 만베에를 칭찬해놓고 다짐을 두었다.

"이 일을 절대로 입 밖에 내서는 안 되네."

만베에는 받은 돈을 확인하고 만족스러운 얼굴로 말했다.

"아니, 그게 뭐 제 공이겠습니까? 저는 그저 할머님께서 지시하신 대로 따랐을 뿐입니다. 그리고 할머님께서 고향에 돌아와 계신 줄은 오쓰도 꿈에도 몰랐으니까요."

"이제야 좀 속이 후련해지는군. 아까 오쓰가 깜짝 놀라던 모습을 보았나?"

"너무 놀라서 도망치지도 못하고 옴짝달싹 못하던 모습 말씀입니까? 하하하하…… 그래도 조금은 미안한 마음이 들기도 합니다."

"무슨 소리! 뭐가 미안하다는 말인가? 내가 저 연놈한테 당한 걸 생각하면……."

"아니요, 그만. 그 원한 이야기는 나중에……."

"그렇군. 나도 이러고 있을 시간이 없지. 그럼, 언제 한번 때를 봐서 시모노쇼로 놀러 오게."

"예, 그럼 저는 이만. 그쪽 샛길은 길이 험하니 조심하세요."

"자네도 사람들을 만나거든 입조심하게."

"예예. 저는 입이 아주 무거운 사람이니 그 점은 염려 놓으셔도 됩니다."

만베에가 오스기와 헤어져 발끝으로 더듬어가며 깜깜한 돌층계에 다다른 순간이었다. 그가 갑자기 외마디 비명을 지르더니 그대로 땅바닥에 고꾸라졌다.

오스기는 비명 소리에 놀라서 뒤를 돌아보며 다급한 목소리로 만베에를 불렀다.

"만베에, 무슨 일인가? 만베에!"

3

대답할 리가 없었다. 만베에는 이미 숨이 넘어간 뒤였으니까.

"……아, 응?"

오스기는 숨을 삼키고 만베에가 쓰러져 있는 곳에 불쑥 나타난 검은 그림자를 뚫어지게 쳐다보았다.

칼. 그림자는 피 묻은 칼을 들고 있었다.

"누, 누구냐?"

"……."

"누구냐? ……이름을, 이름을 대라."

오스기는 메마른 목소리에 억지로 힘을 주어 말했다. 나이에 어울리지 않는 허세와 공갈 병은 여전한 듯했다. 하지만 상대는 오스기의 그런 수법에 익숙한 듯 어둠 속에서 어깨를 가볍게 들썩일 뿐이었다.

"나요, 할멈."

"뭐?"

"모르겠소?"

"모르겠다. 들어보지 못한 목소리다. 도적이냐?"

"후후후, 도적이라면 할멈 같은 가난뱅이에겐 눈길조차 주지 않을걸?"

"뭐라고? ……그럼, 날 계속 주시하고 있었단 말이냐?"

"그렇소."

"날?"

"더 이상 긴 말은 필요 없소. 만베에와 같은 자를 죽이기 위해 일부러 미카즈키까지 쫓아온 것이 아니오. 할멈을 혼내주려고 온 것이지."

오스기는 목구멍이 찢어진 듯한 신음을 토하고 비틀거리면서 말했다.

"사람을 잘못 본 것이 아니냐? 넌 누구냐? 난 혼이덴本位田 가의 오스기다."

"그 말을 들으니 내 원한이 새삼 사무치는군. 오늘 그 원한을 풀어야겠소. 할멈, 내가 누구인 것 같소? 이 조타로를 알아보지 못하겠소?"

"뭐? 조…… 조타로라고?"

"3년이 지나면 갓난아이도 세 살이 되는 법. 할멈은 늙은 나무, 난 혈기 왕성한 젊은 나무. 안됐지만 이젠 나를 코흘리개 취급은 못할 것이오."

"……그래, 그러고 보니 정말 조타로구나."

"참 오랫동안 우리 스승님을 잘도 괴롭혔더군. 내 스승님은 할멈을 노인이라고 해서 일부러 상대하지 않고 도망만 다녔소. 그걸 이용해서 가는 곳곳마다, 심지어 에도까지 쫓아와서 스승님을 나쁜 놈이라 모함하고 원수 취급을 하며 출세 길까지 방해하다니."

"……."

"아직 더 있소. 그런 집념으로 기회가 있을 때마다 오쓰 님을 쫓아다니면서 괴롭혔지. 이제 자신의 잘못을 깨닫고 고향에 처박혀 있나 했더니 만베에를 앞세워 또 오쓰 님을 해치려고 획책했더군."

"……."

"참으로 가증스럽소. 당신을 단칼에 베어버리는 건 일도 아니지만, 나도 이젠 그 옛날 세상을 떠돌던 아오키 단자에몬青木丹左衛門의 자식이 아니오. 아버지 단자에몬도 마침내 전에 계시던 히메지 성으로 돌아가셔서 올봄부터는 예전처럼 이케다 가의 가신. 아버지의 이름에 누를 끼칠 수 없어서 목숨만은 살려두겠지만……."

조타로는 앞으로 나왔다. 목숨만은 살려두겠다고 말했지만, 그의 오른손에 들려 있는 서슬 퍼런 칼은 아직 칼집에 넣지 않았다.

"……?"

오스기는 한 걸음 한 걸음 뒤로 물러나면서 도망칠 기회를 엿보다 틈이 보였는지 삼나무 숲에 난 샛길로 잽싸게 달아나려고 했지만, 어림없다며 쫓아온 조타로에게 목덜미를 잡히고 말았다.

"어딜 가려고?"

"뭐 하는 짓이냐?"

비록 나이는 들었지만 사나운 기질은 여전했다. 오스기는 뒤로 돌면서 허리에 차고 있던 단검을 빼더니 조타로의 옆구리를 향해 휘둘렀다.

그러나 조타로도 더 이상 어린아이가 아니었다. 그는 뒤로 물러서면서 오스기의 몸을 앞으로 되밀었다.

"악! 이놈이, 날 밀어?"

풀숲에 머리를 처박으면서 오스기는 소리를 질렀다. 머리가 땅에 처박히고도 그녀는 조타로가 더 이상 어린아이가 아니라는 것을 깨닫지 못한 듯했다.

"어딜!"

조타로도 소리쳤다. 그리고 밟으면 금방이라도 부러질 것 같은 오스기의 등을 발로 밟고 버둥거리는 그녀의 손을 손쉽게 비틀어 올렸다.

그는 역시 그였다. 오스기가 이를 갈며 버둥거리는 모습을 보고도 가엾게 여기는 마음은 추호도 없었다. 조타로는 비록 몸집이 자라 어른처럼 보였지만, 겉모습만으로 어른이 됐다고는 할 수 없었다. 벌써 열여덟아홉의 늠름한 청년임이 분명했지만 생각은 아직 어렸다. 게다가 오랜 세월에 걸쳐서 증오가 겹겹이 쌓인 터였다.

"어떻게 해드릴까?"

조타로는 오스기를 질질 끌고 와서 산신당 앞에 패대기를 치고는 여전히 투지를 잃지 않은 가냘픈 몸을 발로 밟은 채 그냥 죽이는 건 재미없을 것 같고, 살려두자니 분이 풀릴 것 같지 않아 어떻게 처리할지 잠시 망설였다.

아니, 그보다는 방금 전에 오스기의 지시로 손발이 묶인 채 시모노쇼로 끌려간 오쓰의 신변이 더 걱정되었다.

애초에, 라고 하면 무슨 대단한 내력이 있는 것 같지만, 오쓰가 시카마의 염색집에 있는 걸 조타로가 알게 된 것은 그가 아버지 단자에몬과 함께 시카마에서 가까운 히메지에서 살고 있는 덕분이었다. 그리고 올가을에 조타로가 해변가의 부교쇼奉行所(각 부처의 장관인 부교의 관청)에 심부름을 하러 자주 오가는 동안 우연히 울타리 너머에 있는 오쓰를 보고 오쓰와 닮았구나 하며 눈여겨보다가 오쓰가 위험에 빠진 것을 알게 되었던 것이다.

조타로는 이렇게 오쓰와 다시 만나게 된 인연에 대해 신께 감사했다. 동시에 오쓰를 해코지하려는 오스기를 뼈에 사무치도록 증오하며 조금씩 잊혀가던 지난날의 분노를 떠올렸다.

'이 늙은이를 없애버리기 전에는 오쓰 님도 마음 놓고 살 수 없을 거야.'

이렇게 생각하고 한때는 살의마저 느꼈지만, 아버지 단자에 몬이 어렵사리 옛 번의 가신으로 들어간 지도 얼마 되지 않은 터라 원래 말도 많고 탈도 많은 산촌 고시의 일족 따위와 괜히 분란을 일으켰다가는 시끄러워질 것 같아서 그냥 오스기를 혼내 주고 오쓰를 무사히 구하는 선에서 마무리 지으려고 마음먹고 있었던 것이다.

"으음. 맞춤인 은신처가 있군. 할멈, 이리 와."

조타로는 그녀의 옷깃을 부여잡고 일으키려고 했지만 오스기는 땅바닥에 납작 엎드린 채 일어나려고 하지 않았다.

"거참, 성가시네."

조타로는 오스기를 거칠게 안아 들고 사당의 뒤편으로 뛰어 갔다. 그곳에는 이 사당을 세울 때 깎은 절벽의 단면이 있었고, 그 아래에 사람이 겨우 기어서 드나들 수 있을 정도의 동굴이 있었다.

5

사요의 부락인 듯 저편에 점만 한 불빛 하나가 보였다. 산도, 뽕나무밭도, 강가도 넓은 어둠 자체였다. 그리고 방금 넘어온 뒤편의 미카즈키 고개도 어둠에 잠겨 있었다.

발밑에 자갈이 밟히고 귓가에 물 흐르는 소리가 들리자 뒤에 있던 자가 앞서 가는 두 사람을 불러 세웠다.

"어이, 잠깐만."

두 사람은 밧줄로 뒤에서 손을 묶은 오쓰를 죄인처럼 끌고 가고 있었다.

"어떻게 된 거지? 금방 따라오겠다던 할머님이 여태 오지 않으시니."

"흠, 그러고 보니 벌써 따라와도 왔을 텐데."

"성깔은 있어도 할머니의 걸음으로는 샛길 오르막이 좀 힘에 부치겠지. 분명히 어디서 잠깐 쉬고 있을 거야."

"우리도 이 근처에서 잠깐 쉬고 있을까? 아니면 사요까지 가서 주막에서 기다릴까?"

"어차피 기다릴 거면 주막에 가서 한잔하며 기다리는 게 낫지. ……이런 짐 덩어리를 끌고 가고 있는데."

그렇게 세 사람이 밝은 곳을 찾아 얕은 여울을 건너려고 할 때였다.

"어이, 이봐!"

멀리 어둠 속에서 누군가 부르는 소리가 들렸다. 그들이 뒤를 돌아보며 귀를 기울이고 있자 두 번째 목소리는 좀 더 가까운 곳에서 들렸다.

"할머닌가?"

"아냐, 달라."

"누구지?"

"남자 목소리야."

"그럼, 우리를 부르는 건 아니잖아?"

"맞아. 우릴 부를 사람은 없을 거야. 할머님이 저런 목소리를 낼 리도 없고."

가을의 여울물은 얼음장처럼 차가웠다. 철벅철벅, 그 여울물로 끌려 들어가는 오쓰의 발에는 그 차가움이 훨씬 더 했다.

그때 뒤편에서 빠른 속도로 달려오는 소리가 났다. 세 사람이 그 소리를 들었을 때는 누군가가 "오쓰 님!" 하고 소리치면서 세 사람에게 물보라를 튀기며 건너편 기슭까지 단숨에 건너가 버린 뒤였다.

"앗!"

물보라를 맞고 몸을 부르르 떨던 세 사람은 오쓰를 에워싸고 얕은 여울 한가운데에 멈춰 섰다. 먼저 여울을 건너간 조타로는 그들이 올라가려는 여울의 기슭을 막아 선 채 양손을 벌리고 말했다.

"멈춰라!"

"웬 놈이냐!"

"알 것 없다. 오쓰 님을 어디로 데리고 가는 것이냐?"

"그럼, 오쓰를 구하러 왔느냐?"

"그렇다."

"쓸데없이 나섰다간 목이 달아날 줄 알아라."

"너희들은 오스기 할머니의 일족일 터, 할머니의 분부다. 오쓰 님을 내게 넘겨라."

"뭐? 할머니의 분부라고?"

"그래."

"거짓말 마라."

고시들은 비웃었다.

6

"거짓말이 아니다. 이걸 봐라."

조타로는 그들을 가로막고 선 채 오스기가 휴지에 쓴 글을 보여주었다.

실패, 지금은 일단

오쓰를 조타로에게 넘기고

날 데리러 돌아오게.

"……이게 뭐냐?"

휴지에 적힌 글을 읽은 고시들은 눈살을 찌푸리며 조타로를 아래위로 훑어보더니 기슭으로 올라섰다.

"보고도 모르겠나? 글을 읽을 줄 몰라?"

"닥쳐라. 여기 쓰여 있는 조타로가 네놈인 모양이구나."

"그렇다. 내가 아오키 조타로다."

그러자 오쓰가 갑자기 "앗! 조타로!"라고 절규하며 앞으로 고꾸라질 뻔했다.

아까부터 그녀의 눈은 그를 뚫어지게 쳐다보고 있었다. 의심과 놀라움을 동시에 느끼며 몸을 버둥거리고 있었지만, 조타로가 직접 자신의 이름을 밝히자 자기도 모르게 절규가 튀어나왔던 것이다.

"이런, 재갈이 헐거워졌군. 다시 단단히 조여."

조타로와 맞서고 있던 자가 뒤에 대고 소리치더니 다시 조타로에게 말했다.

"그렇군. 이건 할머니의 필적이 틀림없는데, 그렇다면 할머니가 당신을 데리러 돌아오라고 한 건 어떻게 된 일이냐?"

고시가 험상궂은 표정으로 묻자 조타로는 태연히 말했다.

"인질로 잡아두었다. 오쓰 님을 내준다면 노파가 있는 곳을 알려주겠다. 어쩌겠느냐?"

세 사람은 아무리 기다려도 오스기가 오지 않았던 이유를 알게 되자 서로 얼굴을 바라보다가 아직 나이가 어려 보이는 조타로를 얕잡아보고 말했다.

"까불지 마라. 어디 사는 애송인지 모르지만 우리가 누군지 아느냐? 시모노쇼의 혼이덴이라고 하면 히메지 번에서 모르는 사람이 없다."

"말이 많구나. 싫은지 좋은지 그것만 말해라. 싫다면 노파는 산에서 굶어죽을 때까지 그대로 내버려둘 수밖에 없다."

"이놈이!"

그들 중 한 명이 조타로에게 달려들어서 그의 손목을 비틀었다. 그리고 다른 한 명은 칼자루를 잡고 당장이라도 벨 자세를 취했다.

"허튼소리를 했다가는 목이 날아갈 줄 알아라. 할머니를 어디에 숨겼느냐?"

"오쓰 님을 넘겨주겠느냐?"

"그렇겐 못하겠다."

"그럼, 나도 말할 수 없다."

"죽어도 말이냐?"

"그러니까 오쓰 님을 넘겨라. 그러면 모두가 무사할 것이다."

"이 어린놈의 새끼가!"

조타로의 손목을 비틀어 잡은 자가 그대로 다리를 걸어서 조타로를 넘어뜨리려고 했다.

"어림없다."

조타로는 사내의 힘을 역이용해서 그를 오히려 어깨 너머로 메다꽂았다.

"악!"

그러나 그 순간 조타로도 엉덩방아를 찧으며 오른쪽 허벅지를 움켜쥐었다. 조타로가 사내를 메다꽂는 순간 사내가 칼을 뽑아 조타로를 베었던 것이다.

7

조타로는 사람을 던지는 기술은 알고 있었지만, 아직 사람을 던지는 법은 터득하지 못했다. 던진 상대가 살아 있는 생물인 이상 그냥 던지게 내버려두지는 않게 마련이다. 던지는 순간 칼도 뽑을 것이고, 맨손이어도 다리를 붙잡을 가능성이 있다.

적을 던지려면 던지기 전에 먼저 그것부터 생각해야 했지만, 조타로는 마치 개구리를 내동댕이치듯 발밑으로 상대를 메다꽂고 게다가 몸을 빼지도 않았기 때문에 사내를 해치웠다고 생각한 순간 넓적다리를 베이고 자신도 함께 쓰러져서 부상을 입은 채 엉덩방아를 찧었던 것이다. 그러나 다행히 가벼운 상처인 듯 조타로는 벌떡 일어났고, 상대방 역시 바로 일어섰다.

"죽이면 안 돼."

"생포해야 해."

다른 고시들이 이렇게 소리치며 서로 합세하여 세 방향에서 조타로에게 덤벼들었다. 조타로를 죽이면 오스기를 어디에 잡아두었는지 그것을 알 길이 없어지기 때문이리라.

마찬가지로 조타로 역시 이곳에서 고시들과 피를 보는 일은 피할 생각이었다. 번에 그 사실이 알려지기라도 하면 아버지에게 누가 될 것이기 때문이었다.

하지만 변수란 평소 생각하지 못하던 곳에서 일어나게 마련이다. 1대 3의 싸움에서는 당연히 1 쪽에서 분노의 둑을 터뜨리게 마련이고 하물며 조타로는 한창 혈기 왕성할 때이기도 했다.

"이 애송이 놈이!"

"건방진 놈!"

"이래도 불지 못하겠느냐!"

세 사람에게 두들겨 맞고, 찔리고, 발로 차이고, 팔이 비틀려서 엎어 눌리게 되자 조타로는 화가 폭발하고 말았다.

"어림없다!"

이번에는 조타로가 아까 받은 불의의 공격을 역으로 행하여 느닷없이 와키자시脇差(일본도의 일종으로 큰 칼에 곁들여 허리에 차는 작은 칼)를 뽑아들고 자신을 올라타고 있는 사내의 복부를 찔렀다.

"윽!"

조타로는 칼자루에서 팔뚝까지 피로 물들자 아무 생각도 나지 않았다.

"제길, 네놈도 받아라!"

조타로는 일어나자마자 또 다른 자를 정면에서 내려쳤다. 뼈에 부딪힌 칼날이 옆으로 누우며 비스듬히 베고 나가자 생선토막만 한 살점이 허공으로 날아갔다.

"이, 이런 미친놈!"

상대는 이렇게 소리를 질렀지만, 칼을 뽑아 들기에는 이미 늦어버렸다. 셋이라는 자신들의 힘을 너무 과신하고 있던 만큼 당황한 기색이 역력했다.

"이놈들, 죽어라!"

조타로는 주문을 외듯 칼을 한 번 휘두를 때마다 고함을 지르면서 나머지 두 사람을 적으로 간주하고 맹렬하게 달려들었다.

그에게는 검법이란 것이 없다. 이오리와 같이 무사시로부터 올바른 검법의 기본을 전수받은 적이 없었기 때문이다. 그러나 피를 뒤집어쓰고도 놀라지 않는 점과 칼을 들고 나이에 어울리지 않는 담력과 무모함을 보인 것은 아마 지난 2, 3년 동안 어둠 속에서 같이 행동하던 나라이의 다이조에게 받은 훈련 때문인 듯했다.

반면에 고시들은 비록 둘이었지만 이미 한 명이 부상을 당한 터라 몹시 흥분한 상태였다. 조타로의 넓적다리 부근에서도 붉

은 피가 흐르고 있었고, 말 그대로 베고 베이는 피의 아수라장
이었다.

그대로 두었다간 서로 칼을 맞든가 자칫하다간 조타로가 죄
다 베어버리고 말지도 모른다. ……오쓰는 미친 듯이 달려가서
밧줄에 묶여 움직이지 못하는 양손을 버둥거리며 어둠을 향해
외쳤다.

"누구 없나요? 아무나 좀 와서 도와주세요! 저기에서 싸우고
있는 젊은이들을 좀 말려주세요!"

8

하지만 아무리 소리치고 날뛰어도 칠흑 같은 어둠 속에서 그
녀에게 대답하는 소리라고는 물소리와 허공을 가르는 바람 소
리뿐이었다. 그러다 문득 오쓰는 남에게 도움을 구하기에 앞서
자신은 왜 아무것도 하지 않는지를 깨달았다.

오쓰는 물가에 앉아 자신의 손을 묶고 있는 밧줄을 바위 모서
리에 갈았다. 밧줄은 고시들이 길가에서 주운 새끼줄이어서 금
방 툭 하고 끊겼다. 오쓰는 양손에 작은 돌을 쥐고 곧장 조타
로와 두 고시가 싸우고 있는 곳으로 달려갔다.

"조타로!"

오쓰는 소리치며 적의 얼굴을 향해 돌멩이 하나를 던졌다.

"나도 있어! 이제 괜찮아!"

그리고 다시 돌멩이를 던지며 외쳤다.

"조타로, 꼭 이겨!"

다시 돌이 날아갔다. 그러나 세 번이나 던진 돌은 모두 빗나가고 말았다. 오쓰가 재빨리 다시 돌을 주워 들었다.

"앗, 저년이!"

그러자 고시 한 명이 조타로에게서 두 번 정도 뛰는 거리만큼 뒤로 물러나서 오쓰의 등을 칼등으로 내려치려고 했다.

"어딜!"

조타로도 쫓아갔다. 그리고 그 고시가 머리 위에서 오쓰의 등을 향해 칼을 휘두르려는 찰나에 그의 등짝으로 곧장 칼을 뻗었다.

"이놈!"

일직선으로 날아간 칼은 고시의 등에서 배를 관통하여 날밑과 조타로의 손에 막혀 멈췄다.

실로 놀랄 만한 솜씨였지만, 시체의 등에 박힌 칼이 빠지지 않았다. 조타로가 당황해하는 사이 다른 고시가 달려들면 어찌 될 것인지 결과는 명명백백했다. 그러나 남은 고시는 앞서 부상을 입은 데다가 철석같이 믿고 있는 자기편이 비참한 최후를 맞이하자 그 역시 당황해서 다리가 부러진 사마귀처럼 비틀거리며 저편으로 도망치고 있었다.

조타로는 그 모습을 보고 침착하게 시체를 발로 누르고 칼을 뽑았다.

"거기 서라!"

자신감이 생긴 조타로는 단칼에 끝장을 내려고 쫓아갔다. 그러자 오쓰가 큰 소리로 외쳤다.

"그만! 쫓아가지 마! 저렇게 부상을 당하고 도망가고 있는데 더는 쫓아가지 마."

마치 혈육을 보호하듯 진지한 목소리로 오쓰가 간절히 외치자 조타로는 깜짝 놀랐다. 여태까지 자신을 괴롭힌 자를 왜 감싸는 건지 오쓰의 마음을 이해할 수 없었다.

"그보다도 그 후 어떻게 된 건지 먼저 네 얘기부터 듣고 싶어. 나도 할 얘기가 많으니 조타로, 어서 여기서 도망치자."

조타로도 오쓰의 말에는 이의가 없었다. 이곳은 사누모와 산 하나를 사이에 두고 있었다. 만약 변고가 생겼다는 소식이 시모노쇼에라도 알려지면 혼이덴 가의 일족들이 모두 쫓아올 것은 불을 보듯 뻔한 일이었다.

"오쓰 님, 뛸 수 있겠어요?"

"응, 괜찮아."

두 사람은 소녀와 꼬마였던 시절을 떠올리며 숨이 멎을 때까지 어둠 속을 달려갔다.

9

미카즈키의 역참 거리에서 아직 불이 켜져 있는 곳은 한두 집에 불과했다. 그중 한 곳은 역참에 단 한 채뿐인 여인숙이었다.

광산을 오가며 금을 파는 상인과 다지마 너머의 실을 파는 장사치와 행각승 등이 오쓰와 조타로를 보고 나이 어린 남자를 데리고 야반도주라도 한 것쯤으로 생각했는지 안채에서 떠들썩하게 굴다가 아마도 잠자리에 들어간 듯 불빛은 안채에서 떨어진 한 곳에만 켜져 있었다.

그곳은 여인숙의 늙은 주인이 누에고치를 삶는 냄비와 물레를 놓고 혼자 살고 있는 곳이었는데, 오쓰와 조타로를 위해 일부러 비워준 방이었다.

"조타로, 그럼 너도 에도에서 무사시 님과 만나지 못했다는 거니?"

오쓰는 그 후의 자초지종을 조타로에게 듣고는 슬픈 듯 말했다. 조타로 역시 오쓰도 기소木曾 가도에서 헤어진 이후로 여전히 무사시를 만나지 못했다는 이야기를 듣고 무슨 말을 해야 할지 착잡한 심정이었다.

"하지만 오쓰 님, 그리 슬퍼하지 마세요. 풍문이긴 하지만 요사이 히메지에 이런 소문이 돌고 있어요."

"어떤 소문?"

그녀는 지푸라기든 뜬소문이든 붙잡고 싶은 심정이었다.

"머잖아 스승님이 히메지로 오실지도 모른대요."

"히메지에? 정말?"

"소문이니까 얼마나 믿을 수 있을지 모르지만 번에서는 기정 사실인 것처럼 받아들이고 있어요. 호소카와 가의 사범 사사키 고지로와의 결투 약속을 지키기 위해 머잖아 고쿠라로 올 것이라고."

"그런 소문은 나도 얼핏 들은 적이 있는데 대체 누구의 입에서 나온 건지 알아보았지만, 어디 계시는지조차 무사시 님의 소식을 아는 사람이 없었어."

"아니, 항간에 돌고 있는 이야기에는 좀 더 사실로 보이는 근거가 있어요. 그건 호소카와 가와 연고가 깊은 교토의 가엔묘신사花園妙心寺에서 무사시 님의 소재를 알고 있어서 노신인 나가오카 사도 님의 중재로 고지로가 보낸 결투장이 무사시 님에게 전달되었다는 거예요."

"그럼, 그날이 멀지 않았다는 말이니?"

"날짜와 장소는 모르지만 교토 근처에 계신다면 부젠의 고쿠라로 가기 위해서는 분명 히메지의 성시를 지나갈 거예요."

"하지만 뱃길도 있잖아."

"아니요. 아마도……."

조타로는 머리를 가로저으며 말했다.

"배로 가시진 않을 거예요. 왜냐하면 히메지나 오카야마岡山는 물론이고 산요山陽 각 번에서는 무사시 님이 지나가면 틀림없이 하룻밤 묵어가라고 붙잡고는 어떤 인물인지 살펴보려고, 또는 자신들의 번으로 영입하기 위해 의중을 떠보려고 기다리고 있을 거예요. 실제로 히메지의 이케다 가에서는 다쿠안 스님께 서신을 보내 물어보고 있고, 또 성시 초입의 역참에 명해 무사시 님과 비슷한 사람이라도 지나가면 곧장 알리라고 했다는 거예요."

그 말을 듣자 오쓰는 오히려 한숨을 내쉬며 절망적으로 말했다.

"그렇다면 무사시 님은 더욱 육로를 이용하시지 않을 거야. 무사시 님은 그렇게 번잡스러운 걸 제일 싫어하시는데 성시마다 그리 기다리고 있으니……."

10

조타로는 소문으로라도 무사시의 소식을 알려주면 오쓰가 기뻐할 줄 알고 이야기했지만, 그녀의 말을 듣고 보니 과연 무사시가 히메지에 들를 것이라는 기대는 한낱 공상에 불과한 것처럼 여겨졌다.

"조타로, 그럼 교토의 가엔묘신 사에 가면 확실한 걸 알 수 있지 않을까?"

"알 수 있을지도 모르지만 그냥 소문일 뿐이라서."

"설마 아니 땐 굴뚝에 연기가 나겠니?"

"그럼 바로 가려고요?"

"응, 그 말을 들으니 당장 내일이라도 떠나야 되겠어."

"아니, 잠깐만요."

조타로는 예전과 달리 자신의 생각을 확고하게 가지고 있었다.

"오쓰 님이 스승님과 만나지 못하는 건 그런 식으로 무슨 소문만 들으면 그것을 곧이곧대로 믿고 바로 움직이기 때문일 거예요. 두견새의 모습을 보려면 소리가 들리는 앞쪽을 바라보지 않으면 보이지 않는데, 오쓰 님은 스승님의 뒤만 쫓아다니니 어긋나기만 하는 거라는 생각이 들어요."

"그건 그럴지도 모르지만 이론대로 마음이 움직이지 않는 게 사랑이 아닐까?"

오쓰는 조타로에게 무슨 말이든지 할 수 있었다. 하지만 방금 무심코 사랑이라는 말을 하고 조타로의 모습을 본 오쓰는 깜짝 놀랐다. 조타로의 얼굴이 빨갛게 물들어 있었던 것이다.

조타로는 더 이상 사랑이라는 말을 공놀이하듯 가볍게 주고받을 수 있는 상대가 아니었다. 다른 사람의 사랑보다 자신의 사랑에 고민하는 나이가 되었던 것이다.

"고마워. 나도 잘 생각해볼게."

오쓰가 다급하게 화제를 바꿨다.

"그렇게 해요. 그리고 어쨌든 일단 히메지로 돌아가서……."

"응."

"꼭 저희 집에 들러 주세요. 아버지와 제가 있는 집에요."

"……."

"아버지와 얘기해보니 오쓰 님에 대해서는 싯포 사 시절의 일까지 자세히 알고 계셨어요. 이유는 모르겠지만 한번 만나고 싶다, 이야기도 나누고 싶다고 하셨으니까요."

오쓰는 대답하지 않았다. 가물거리는 등잔불에서 고개를 돌리고 부서진 처마 너머로 밤하늘을 올려다보며 말했다.

"……아, 비가."

"비가 와요? 내일은 히메지까지 걸어가야 하는데."

"도롱이와 삿갓만 있으면 가을비 정도는."

"많이 오지 않으면 좋을 텐데……."

"바람이 부네."

"문을 닫을게요."

조타로는 일어서서 덧문을 닫았다. 그러자 갑자기 후텁지근해지면서 오쓰가 지닌 여인의 체취가 방 안을 떠다니는 듯했다.

"오쓰 님, 편히 주무세요. 난 여기서……."

조타로는 목침을 들고 창 아래로 가서 벽을 향해 누웠다.

"……."

오쓰는 잠을 자지 않고 혼자 빗소리를 듣고 있었다.

"잠을 자둬야 해요. 오쓰 님 아직 안 자요?"

조타로는 돌아누운 채 잠이 오지 않는 듯 그렇게 말하고 얇은 이불을 얼굴까지 푹 뒤집어썼다.

관음보살

1

비가 부서진 처마를 줄기차게 두드리고 있었다. 바람도 거세
졌다.

산촌이었고 더욱이 변덕스러운 가을 하늘을 생각하면 아침까
지는 그칠지도 모른다. 오쓰는 그런 생각을 하며 허리끈도 풀지
않고 앉아 있었다.

잠자리가 불편한 듯 이불 속에서 뒤척이던 조타로는 어느새
잠이 들었다. 어디선가 똑똑 비가 새는 소리가 났다. 빗방울이 후
드득거리며 문을 두드리고 있었다.

"조타로!"

갑자기 오쓰가 조타로를 불렀다.

"좀 일어나 봐. 조타로!"

몇 차례 불렀지만 깰 것 같지 않았다. 오쓰는 억지로 깨우기도

뭐 해서 망설이고 있었다.

갑자기 그를 깨워서 물어보고 싶은 것은 오스기에 대해서였다. 오스기와 한편인 고시들에게 물가에서 말하는 것도 들었고 이리로 오면서도 얼핏 들었지만, 이렇게 심하게 비가 오니 조타로가 오스기에게 가한 징벌이 너무 잔인한 것 같아서 가여운 생각이 들었다.

'이런 비바람에 젖기도 할 테고, 춥기도 할 텐데. 연로하신 몸에 잘못했다간 아침이 되기 전에 돌아가실지도 몰라. 아니, 며칠이나 사람들 눈에 띄지 않는다면 굶어죽을 게 뻔해.'

잔걱정이 많은 천성 탓인지 오쓰는 오스기의 안위까지 걱정되어 비바람 소리가 심해질수록 혼자 속을 끓었다.

'어머님도 뿌리부터 나쁜 분은 절대 아닌데.'

오쓰는 천지신명께 오스기를 보호해주십사 대신 기도를 올리기도 했다.

'내가 진심을 다한다면 언젠가는 그 진심이 반드시 통할 거야. ……그래, 조타로가 나중에 화를 낼지도 모르지만.'

이윽고 그녀는 무슨 결심을 한 듯 덧문을 열고 밖으로 나갔다. 사방은 칠흑같이 어두웠고, 빗줄기만이 오로지 하얗게 쏟아지고 있었다.

봉당에 놓인 짚신을 신고 벽에 걸린 대나무 삿갓을 쓴 오쓰는 옷자락을 걷어 올렸다. 도롱이를 걸치고 투두둑 처마 끝에서 떨어지는 비를 맞으며 밖으로 나갔다. 여기서부터는 그리 멀지도 않은 역참 옆의 산신당이 있는 그 높은 돌층계로 이어진 산 쪽으로.

저녁에 만베에와 함께 올라간 돌층계는 빗물로 폭포를 이루고 있었다. 계단을 다 오르자 삼나무 숲이 바람에 울부짖고 있었다. 아래쪽에 있는 역참보다 바람이 훨씬 거셌다.

"어머님은 어디 계실까?"

자세히 듣지는 못했다. 다만, 이 근처 어디에다 가뒀다고 조타로가 말했었다.

"혹시?"

사당 안을 들여다보고 다시 마루 밑이 아닐까 불러도 보았지만 대답도 없고 모습도 보이지 않았다. 오쓰는 사당 뒤편으로 돌아가서 나무들이 아우성치는 소리를 들으며 한동안 서 있었다.

"여보시오, 누구 있으면 이리로 좀 와주시오! 거기 아무도 없소? ······으으, 으으."

어디선가 신음인지 고함인지 분간할 수 없는 소리가 비바람 속에서 간헐적으로 들려왔다.

"아아, 어머님이 틀림없다. 어머니, 어머니!"

그녀도 바람을 향해 목청껏 소리를 질렀다.

2

그녀가 부르는 소리는 비바람에 실려 어두운 허공으로 흩어져버렸지만, 그녀의 마음은 보이지 않는 어둠 저편의 사람에게 가닿은 듯했다.

"여기요, 여기. 누가 좀 와서 살려주시오. 여기요. 나 좀 구해주시오."

오쓰의 목소리에 대답하듯 오스기의 목소리가 어디선가 끊어질 듯 들려왔다. 애초에 그 목소리도 노도와 같은 삼나무 숲의 비바람에 묻혀 제대로 들리지 않았지만 오쓰는 오스기가 필사적으로 외치는 소리라는 것을 알 수 있었다.

오스기를 찾아 부르는 목소리도 쉬어 있었다.

"……어디 계세요? 어디죠? ……어머니, 어머니!"

오쓰는 사당 주위를 뛰어다니다 삼나무 뒤편으로 돌아가 스무 걸음쯤 앞으로 갔다. 그러자 오쿠노인奥の院(본당 안쪽에 있는 본존本尊·영상靈像을 모신 건물)으로 올라가는 초입인 벼랑길의 깎아지른 단면 한쪽에 곰이 살 것 같은 동굴이 보였다.

"혹시 저기에?"

오쓰가 동굴로 다가가서 안을 들여다보니 분명 오스기의 목소리가 그 동굴 안에서 흘러나오고 있었다. 하지만 굴 입구에는 그녀의 힘으로는 꿈쩍도 하지 않을 것 같은 큼지막한 바위가 서

너 개 쌓인 채 출입을 막고 있었다.

"뉘시오? ……. 거기 누구요? 혹시 이 늙은이가 평소 믿고 의지하는 관음보살의 현신이 아니십니까? 불쌍히 여겨 살려주십시오. 잠시 외도를 하다 이런 변을 당한 불쌍한 늙은이를 살려주십시오."

오스기는 바위 틈 사이로 언뜻 사람의 그림자가 보이자 이렇게 기뻐하며 외쳤다.

우는 듯 호소하는 듯 그녀는 생사의 갈림길인 어둠 속에서 관음보살의 환각을 그리며 그 관음보살에 살고 싶다는 일념으로 기도했다.

"기쁘도다, 참으로 기쁘도다. 이 늙은이의 선심善心을 평소 가엾이 여기시어 이런 변을 당하자 다른 모습을 하시고 구하러 오셨습니까? 대자대비 나무관세음보살. 나무관세음보살."

그러다 갑자기 오스기의 목소리가 뚝 끊기더니 더 이상 아무 소리도 들리지 않았다.

오스기의 말을 듣자니 그녀는 한 가문의 가장이자 어머니이며 인간으로서 자신은 착하고 무결한 사람이라고 믿고 있는 듯했다. 자신의 행위는 모두 선에서 비롯된 것이라고 생각하고 있는 것이다. 자신을 보호해주지 않는 신불이 있으면 그 신불은 악한 신불이라고 생각할 만큼 그녀는 자신을 선의 화신이라고 생각하고 있었다.

그래서 이런 비바람을 뚫고 관세음보살의 현신이 구해주러 온 것도 그녀에게는 전혀 이상할 것이 없었다. 당연히 그리 해야 마땅하다는 생각이었다.

그러나 그것이 환각이 아니라 실제로 누군가 동굴 밖에 나타나자 오스기는 그 순간 긴장이 풀려 실신해버린 듯했다.

"……?"

동굴 밖에 있는 오쓰는 그토록 미친 듯이 외치던 오스기의 목소리가 갑자기 뚝 끊기자 혹시나 하는 생각에 제정신이 아니었다. 빨리 동굴 입구를 열기 위해 필사적으로 힘을 짜냈지만, 그녀의 힘으로는 바위 하나조차 움직일 수 없었다. 대나무 삿갓의 끈은 끊어져서 날아가고 검은 머리는 도롱이와 함께 비바람에 휘날리고 있었다.

3

'이렇게 큰 바위를 조타로는 어떻게 혼자서 움직였지?'

오쓰는 몸으로 밀어도 보고 두 손으로 젖 먹던 힘까지 다해 움직여보려고 했지만, 동굴 입구는 한 치도 열리지 않았다.

오쓰는 진이 빠져서 조타로가 너무 가혹한 짓을 했다고 원망했다. 자신이 왔기에 망정이지 만약 이대로 내버려두었다간 오스기는 동굴 안에서 미쳐서 죽어버릴 것이다. 그건 그렇고 갑자기 아무 소리도 들리지 않는 것을 보면 이미 반쯤 죽은 게 아닌가 싶었다.

"어머니, 기다리세요. ……정신 똑바로 차리시고요. 지금 바로 구해드릴 테니까요."

바위 사이에 얼굴을 대고 말했지만 여전히 대답이 없었다. 물론 동굴 안은 암흑이어서 오스기의 모습도 보이지 않았다.

그런데 희미하게 오스기가 관음경을 외는 소리가 들렸다.

혹우악나찰 或遇惡羅刹

독룡제귀등 毒龍諸鬼等

염피관음력 念彼觀音力

시실불감해 時悉不敢害

약악수위요 若惡獸圍繞

이아조가포 利牙爪可怖

염피관음력 念彼觀音力

※ 혹 악한 나찰과 독룡과 모든 귀신 등을 만나더라도
　관음을 생각하는 그 힘으로 모든 해가 감히 없어지리라.
　만약 악한 짐승의 날카로운 이빨과 발톱에 둘러싸여 있어도
　관음을 생각하는 그 힘으로…….

오스기의 눈이나 귀에는 오쓰의 모습도 목소리도 없었다. 오직 관음만이 보이고 보살의 목소리만 들릴 뿐이었다. 오스기는 합장을 하고 편안하게 앉아 눈물까지 흘리며 떨리는 입술로 관음경을 외고 있었다.

하지만 오쓰에겐 신통력이 없었다. 입구를 막고 있는 세 개의 바위 중 하나도 움직일 수 없었다. 비는 계속 내렸고, 바람도 멈출 기미가 보이지 않았다. 마침내 그녀가 걸치고 있던 도롱이도 갈가리 찢겨 손과 가슴은 물론 어깨까지 온통 비와 진흙으로 뒤범벅이 되었다.

4

그러는 동안에 오스기도 뭔가 이상한 생각이 들었는지 틈 사이에 얼굴을 대고 바깥 동정을 살펴며 소리쳤다.

"누구요? 누구시오?"

모든 힘을 다 쓰고 기진맥진한 표정으로 비바람 속에서 몸을 움츠리고 있던 오쓰가 소리쳤다.

"아, 어머니세요? 오쓰예요. 아직 목소리로 보아 괜찮으신 것 같네요."

"뭐, 오쓰라고?"

오스기가 의심스런 목소리로 물었다.

"예."

"……."

잠시 사이를 두었다가 오스기가 다시 물었다.

"오쓰라고?"

"예. 오쓰입니다."

오스기는 그제야 깜짝 놀라며 무언가에 얻어맞은 듯 환각에서 깨어났다.

"어, 어떻게 네가 여기에 왔느냐? 아아, 그럼 조타로 놈이……."

"제가 이제 구해드릴게요. 어머니, 조타로가 한 행동을 용서해주세요."

"날 구하러 왔다고?"

"예."

"네가 날?"

"어머니, 지나간 일들은 모두 잊고 용서해주세요. 저는 어릴 적 어머니께 신세를 진 일만 기억하고 그 후의 일들은 원망하지 않아요. 본래 제가 멋대로 행동한 일이어서."

"그렇다면 이제 잘못을 뉘우치고 다시 혼이덴 가의 며느리로 돌아오겠다는 말이냐?"

"아니, 그건 아니에요."

"그렇다면 무엇 하러 여기에 왔느냐?"

"그저 어머니가 불쌍해서 견딜 수가 없었어요."

"그럼 그걸 은혜라 생각하고 지난 일들은 다 잊어버리라는 것 이냐?"

"……."

"네 도움은 필요 없다. 누가 너한테 구해달라고 부탁했더냐? 만약 이 늙은이에게 은혜라도 베풀어서 원한을 풀 생각이라면 큰 착각이다. 설사 죽을 구덩이에 빠졌더라도 나는 내 한 목숨 구하자고 뜻을 굽힐 생각은 없다."

"하지만 어찌 나이 드신 분이 이런 꼴을 당하시는 걸 보고만 있을 수 있겠습니까?"

"뚫린 입이라고 말은 잘하는구나. 너도 조타로와 한통속이 아니더냐? 날 이렇게 만든 건 너와 조타로 놈이다. 만약 이 동굴에서 살아 나간다면 반드시 이 복수를 하고야 말 테다."

"언젠가 제 마음을 아실 날이 있을 거예요. 어찌 됐든 이런 곳에 계시면 또 병이 날 거예요."

"듣기 싫다. 그래, 조타로와 짜고 날 조롱하러 온 것이구나."

"아니에요. 제 진심으로 꼭 노여움을 풀어드리겠습니다."

오쓰는 다시 일어나서 바위를 밀었다. 꿈쩍도 하지 않는 바위를 울면서 밀었다. 그런데 힘으로는 꿈쩍도 하지 않던 바위가 그때 눈물로는 움직였다. 세 개의 바위 중 하나가 쿵 하고 굴러 떨어졌다. 그리고 다시 뒤쪽의 바위도 생각 외로 가볍게 흔들리기 시작하더니 동굴 입구가 겨우 열렸다.

그녀의 눈물의 힘뿐만 아니라 안에서 오스기의 힘도 가세했기 때문이었다. 그런데 오스기는 자기 힘만으로 바위를 밀어낸 듯한 표정으로 동굴 밖으로 뛰어나왔다.

5

'진심이 닿아서 바위가 움직였어. 아, 정말 다행이야!'

오쓰는 밀어낸 바위와 함께 비틀거리면서 마음속으로 외쳤다. 하지만 오스기는 동굴에서 뛰어나오자 다시 세상으로 돌아온 첫 번째 목적이 그것인 양 오쓰를 향해 달려들었다.

"앗, 어머니!"

"시끄럽다."

"왜 이러세요?"

"뻔하지 않느냐!"

오스기는 오쓰를 땅바닥에 주저앉혔다.

그랬다. 오스기가 어떻게 나올지는 뻔히 알고 있었다. 하지만 오쓰도 이런 결과는 차마 생각하지 못했다. 남에게 자신이 진심을 다하면 남 또한 진심으로 자신을 대할 것이라고 믿어 의심치 않는 오쓰에게 이런 결과는 역시 의외였고, 그래서 더 놀랄 수

밖에 없었다.

"이리 오너라!"

오스기는 오쓰의 멱살을 잡은 채 빗물이 흐르는 땅 위를 질질 끌고 갔다. 빗줄기는 다소 가늘어졌지만 여전히 오스기의 백발에 하얀 빛을 튀기며 쏟아지고 있었다. 오쓰는 끌려가면서 두 손을 모으고 애원했다.

"어머니, 용서해주세요. 마음이 풀리실 때까지 벌은 받겠지만, 이런 비를 맞으면 어머니도 병이 드실 거예요."

"뭐가 어째? 뻔뻔한 년. 내가 아직도 그 따위 눈물에 속을 줄 아느냐?"

"도망치지 않겠어요. 어디든 갈 터이니 손을…… 아아…… 숨을 못 쉬겠어요."

"당연하지."

"놓, 놓아주세요. 크윽……."

숨이 막혔다. 오쓰는 저도 모르게 오스기의 손을 비틀어 뿌리치고 일어서려고 했다.

"어딜 도망가려고!"

오스기의 손이 다시 곧장 오쓰의 머리카락을 움켜쥐었다. 힘없이 하늘로 젖혀진 하얀 얼굴에 비가 쏟아졌다. 오쓰는 눈을 감고 있었다.

"네년 때문에 얼마나 오랫동안 고생한 줄 아느냐?"

오스기는 욕설을 퍼붓더니 오쓰가 뭐라고 말하면 말할수록, 버둥거리면 버둥거릴수록, 머리카락을 잡고 휘휘 돌리며 발로 밟고 매질을 했다.

그러다가 갑자기 오스기는 큰일 났다는 표정으로 황급히 손을 놓았다. 오쓰가 앞으로 푹 고꾸라진 채 숨을 쉬는 것 같지 않았기 때문이다.

"애, 오쓰야!"

오스기는 당황해서 그녀의 하얀 얼굴을 들여다보며 불렀다. 비에 씻긴 얼굴은 죽은 고기처럼 차가웠다.

"……죽어버렸어."

오스기는 마치 남의 일처럼 망연하게 중얼거렸다. 죽일 생각은 없었다. 오쓰를 용서할 생각도 없었지만 이렇게까지 할 생각도 결코 없었다.

"그래, 일단 집으로 돌아가서……."

오스기는 그대로 걸어가다가 무슨 생각이 들었는지 다시 돌아와서 오쓰의 차가운 몸을 동굴 안으로 안고 들어갔다.

입구는 좁았지만 안은 의외로 넓었다. 먼 옛날 도를 닦는 행자가 앉았던 자리 같은 곳도 보였다.

"이런, 엄청나군……."

오스기가 다시 그곳에서 기어 나오려고 했을 때는 동굴 입구가 마치 폭포 같았다. 그리고 하얀 빗방울이 안쪽까지 날아들었다.

6

나가려고 마음만 먹으면 언제든지 나갈 수 있는 상황이 되자 군이 폭우 속으로 나갈 필요는 없을 듯싶었다.

'곧 날이 샐 텐데.'

오스기는 그렇게 생각하고 동굴 속에 쭈그리고 앉아 폭풍우가 멎기를 기다렸다. 하지만 그러는 동안 새카만 어둠 속에서 오쓰의 차가운 시신과 함께 있는 것이 무서웠다. 하얗고 차가운 얼굴이 자신을 질책하듯 계속 보고 있는 것 같았다.

"모든 것이 운명이니 성불하고 날 원망하지 말거라."

오스기는 눈을 감고 작은 목소리로 경을 외기 시작했다. 경을 외고 있는 동안에는 양심의 가책과 무서움도 잊을 수 있었다. 오스기는 한동안 그렇게 경을 외고 있었다.

쩍쩍, 쩍쩍, 새소리가 귓가에 들려오자 오스기는 눈을 떴다. 동굴 입구가 보였다. 밖에서 비쳐드는 밝고 선명한 빛에 거친 바닥이 보였다.

동틀 무렵부터 비바람이 깨끗이 멎은 듯했다. 동굴 입구에는 금빛 아침 햇살이 반사되어 반짝이고 있었다.

"뭐지?"

오스기는 일어서려다 문득 얼굴 앞에 떠오른 글씨에 정신을 빼앗겼다. 그것은 누군가 동굴 벽에 새겨놓은 기원문이었다.

덴몬天文 13년(1544), 덴진天神 산성(센고쿠戰國 시대 다이묘인 우라가미 무네카게浦上宗景가 지은 산성) 전투 때 우라가미 님의 군대에 모리 긴사쿠森金作라는 열여섯 살 난 아들을 보내고 두 번 다시 보지 못하게 된 슬픔에 겨워 각지의 신불을 찾아 헤매다가 지금 이곳에 관음보살을 안치하고 긴사쿠의 극락왕생을 기원하니 어미의 몸으로 눈물이 앞을 가리네.

세월이 흘러 혹여 이곳을 찾은 이가 있으면 올해 긴사쿠를 공양한 지 스물한 해가 되니 가엾이 여겨 염불이나 외워주길 바라오.

시주施主 아이타英田 마을 긴사쿠의 어미.

군데군데 벗겨져 읽을 수 없는 곳도 있었다. 덴몬 에이로쿠永祿 무렵이라면 오스기에게도 아득한 옛날이었다.

그 무렵, 이 일대의 아이타와 사누모, 가쓰다勝田 등 여러 고을은 아마코尼子 씨의 침략을 받아 우라가미 일족이 여러 성에서 패퇴하는 운명을 맞았다. 오스기가 어렸을 때의 기억에도 밤낮으로 성이 불에 타는 연기로 하늘은 자욱했고, 밭과 길가는 물론이고 농가 근처까지 병마의 시체가 며칠이고 버려져 있었다.

긴사쿠라는 열여섯 살 난 아들을 전쟁터에 보내고 그 후로 다시 보지 못하게 된 모친은 21년이 지난 뒤에도 그 슬픔을 잊지 못해서 아들의 명복을 빌며 각지를 헤매다 죽은 아들을 공양하기로 마음먹은 듯했다.

"그럴 테지."

마타하치라는 아들이 있는 오스기는 같은 어머니로서 그녀의 심정을 뼈에 사무치도록 잘 알았다.

"나무아미타불……."

오스기는 동굴 벽을 향해 합장하고 오열만 하지 않았을 뿐 눈물을 떨구었다. 그렇게 한동안 눈물을 흘리다 정신을 차리고 보니 눈물을 흘리며 합장하고 있던 자신의 아래에 오쓰의 얼굴이 있었다. 오쓰는 아침 햇살이 비치는 것도 모르고 차갑게 식어서 누워 있었다.

7

"오쓰. 미안하구나. 이 늙은이가 잘못했다. 용서해다오. 요, 용서해다오……."

무슨 생각이 들었는지 오스기는 갑자기 오쓰의 몸을 부둥켜안더니 울부짖었다. 그녀의 얼굴에는 참회의 기색이 역력했다.

"참으로 무섭구나. 자식 때문에 눈이 어두워졌다는 게 바로 이런 걸 두고 하는 말이구나. 자식 사랑에 눈이 멀어 남의 자식에게는 악귀가 되었단 말인가……. 오쓰야, 네게도 부모가 있을 텐데, 네 부모가 본다면 내가 바로 자식의 원수이고 나찰이겠구나……. 아아, 내 모습이 야차로 보였을 게다.”

오스기의 목소리는 동굴 안에 웅웅 울리다 다시 그녀의 귀로 되돌아왔다. 동굴 안에는 사람도 없고 세상의 눈도 없었다. 있는 것이라고는 오직 어둠, 아니 보리菩提의 빛뿐이었다.

“돌이켜보면 그런 나찰과 야차 같던 나를 너는 그리 오랫동안 원망도 하지 않았을 뿐만 아니라 늙은이를 구하려고 이 동굴까지……. 그래, 지금 생각해보니 네 마음이 진심이었구나. 그런 것도 모르고 나는 나쁘게만 받아들이고 원수로 여긴 것은 모두 내 마음이 비뚤어져 있었기 때문이다. 용서해다오, 오쓰야.”

오스기는 안아 올린 오쓰의 얼굴에 자신의 얼굴을 대고 다시 소리쳤다.

“이토록 착한 아이가 어디 있을까. 오쓰야, 다시 한 번 눈을 뜨고 이 늙은이가 용서를 비는 것을 봐다오. 다시 한 번 입을 열고 나를 마음껏 욕해다오, 오쓰야!”

오쓰에게 용서를 구하는 그녀는 지금까지 자신이 저지른 일들이 떠오르자 가슴이 미어지는 듯했다.

“용서해다오. 용서해줘.”

오스기는 오쓰의 등을 축축이 적시며 흐느끼면서 그대로 함께 죽으려는 생각까지 했다.

“아니야. 이러고 있지 말고 빨리 손을 쓰면 다시 살아나지 말란

법도 없어. 살아만 있으면 아직 앞날이 창창한 오쓰가 아닌가."

오스기는 오쓰를 무릎에서 내려놓고 비틀거리며 동굴 밖으로 뛰어나갔다.

"앗!"

갑자기 아침 햇살을 받아서 현기증이 일어난 듯 오스기는 두 손으로 얼굴을 가리며 소리쳤다.

"아, 마을 사람들이다!"

그녀는 그들을 부르면서 달리기 시작했다.

"여보시오! 여보시오! 이리 좀 와주시오."

그러자 삼나무 숲 저편에서 사람들 소리가 들리더니 누군가 소리치는 자가 있었다.

"저기다! 할머님이 무사히 저기 계신다!"

열 명에 가까운 혼이덴 가의 일가친척들이었다. 어젯밤 사요 강佐用川의 강가에서 피투성이가 되어 도망친 자가 사태의 급박함을 알리자 밤새 퍼붓는 비를 무릅쓰고 오스기가 있는 곳을 찾으러 나온 사람들인 듯했다. 모두들 도롱이를 걸치고 방금 물속에서 나온 것처럼 흠뻑 젖어 있었다.

"아, 할머님."

"무사하셨군요."

달려온 사람들이 안도하며 양옆에서 걱정을 해도 오스기는 조금도 기뻐하지 않고 말했다.

"나는 아무래도 상관없으니 속히 저 동굴 안에 있는 여인을 구하게. 살려야 하네. 정신을 잃고 나서 시간이 꽤 흘렀으니 빨리 손을 쓰지 않으면, 빨리 약을 쓰지 않으면……."

오스기는 비몽사몽간에 동굴 쪽을 가리키며 잘 돌아가지 않는 혀로 얼굴 가득 비통한 눈물을 흘리면서 말했다.

뱃길

1

이듬해인 게이초慶長 17년(1612) 4월로 접어드는 무렵이었다. 센슈의 사카이 항구에서는 그날도 아카마가세키를 오가는 배가 승객과 짐을 받고 있었다.

고바야시 다로자에몬의 가게에서 쉬고 있던 무사시는 곧 배가 출발한다는 기별을 받고 의자에서 일어나며 전송하는 사람들에게 인사를 하고 밖으로 나왔다.

"그럼."

"조심히 가십시오."

전송하러 나온 사람들은 하나같이 이렇게 말하면서 무사시를 둘러싸고 배가 정박해 있는 강가까지 걸어갔다.

혼아미 고에쓰本阿弥光悦의 얼굴이 보였다.

하이야 쇼유灰屋紹由는 병치레를 하느라 오지 못했지만 아들인 쇼에키紹益가 대신 와 있었다. 쇼에키는 새로 맞이한 아내와 함께였는데 그녀는 무척 아름다운 용모로 사람들의 눈길을 끌었다.

"저건 요시노 아닌가?"

"야나기마치柳町의?"

"그래, 오기야扇屋에서 최고 기녀로 불리는 요시노 다유吉野太夫 말이야."

사람들은 소매를 잡아끌며 수군거렸다.

"제 처입니다."

쇼에키는 무사시에게 아내를 소개했지만 예전의 그 요시노라고는 소개하지 않았다. 무사시 역시 처음 보는 얼굴이었다. 오기야의 요시노라면 눈 내리던 밤 모란 장작으로 불을 지피며 무사시 일행을 대접한 적이 있었고, 그녀의 비파 소리는 아직도 기억에 생생하다. 하지만 무사시가 알고 있는 그 요시노는 초대 요시노였고, 쇼에키의 아내는 2대째 요시노였다.

꽃이 지고 다시 피듯 기루의 세월도 이렇듯 빠르게 흘러갔다. 그날 밤의 눈도, 모란 장작의 불꽃도 이제는 꿈속의 일만 같았다. 그때의 초대 요시노도 지금은 어딘가에서 누군가의 아내가 되어 있는지, 아니면 홀로 고독하게 지내는지 소문도 들을 수 없고 아는 사람도 없었다.

"세월 참 빠릅니다. 처음 만났을 때가 바로 엊그제 같은데 벌써 7, 8년이나 지났습니다."

고에쓰는 배가 있는 곳까지 걸어오며 무심히 말했다.

"……8년이라."

무사시도 사뭇 세월의 무상함을 느끼며 오늘의 뱃길이 어쩐지 인생의 한 전환점으로 여겨지기도 했다.

이날 이곳에서 무사시를 전송한 사람들 중에는 앞의 두 사람을 비롯해 묘신 사의 구도 문하에 있는 혼이덴 마타하치, 교토 호소카와 가의 무사 두세 명이 더 있었다. 또 가라스마루 미쓰히로烏丸光広 경을 대신해서 시종을 데리고 온 공경 무사들 일행, 그리고 반년 정도 교토에 머무는 동안 이래저래 알게 된 사람들과 무사시가 아무리 거절해도 그의 인간됨과 검술을 흠모하여 그를 스승이라 부르는 20~30명의 무리가 있었는데, 무사시로서는 다소 거북스런 마음이 들 정도로 많은 사람들이 그를 전송하기 위해 나와 있었다.

그래서 무사시는 오히려 이야기를 나누고 싶은 사람과는 이야기를 나눌 틈도 없이 배에 오르고 말았다.

행선지는 부젠의 고쿠라였다. 호소카와 가의 나가오카 사도의 중재로 사사키 고지로와 여러 해 전에 약속했던 결투를 하기 위해 가는 것이었다.

물론 이 이야기가 구체적으로 정해지기까지는 번의 노신인 나가오카 사도의 분주한 움직임과 서신을 통한 교섭이 있었다.

무사시가 작년 가을부터 교토의 혼아미 고에쓰의 집에 머무르고 있다는 사실이 알려지고 나서도 거의 반년이나 걸려 겨우 성사된 일이었다.

2

간류 사사키 고지로嚴流佐々木小次郎와 언젠가 한번은 결투를 벌여야 한다는 것은 무사시도 이전부터 의식하고 있던 일이었다. 그리고 마침내 그날이 온 것이었다.

하지만 무사시는 자신이 이렇게 엄청난 기대를 한몸에 받으며 결투에 임하리라고는 꿈에도 생각하지 못했다. 오늘의 출발도 그렇다. 이처럼 성대한 전송을 받는 것이 마음속에서는 당치도 않은 일이라 여겨졌다.

하지만 그렇게 생각하면서도 거부할 수 없는 것은 사람들의 호의였다.

무사시는 두려웠다. 사람들의 호의에 대해서 예의를 차리고 있지만, 그런 사람들의 기대가 경박해져서 인기라는 파도에 휩쓸리는 것이 두려운 것이었다. 자신은 범부에 지나지 않는데 자칫 기고만장해질 수도 있었다.

이번 결투에 있어서도 그렇다. 이런 절박한 날을 만든 것이 대체 누구란 말인가. 생각해보면 고지로도 자신도 아닌 것 같다. 오히려 주위 사람들이라고 생각한다. 항상 두 사람을 경쟁 관계로 몰아가면서 결투하는 모습을 보기 위해 세상이 먼저 흥미와 기대를 키워갔다.

소문은 '결투를 할 것 같다.'에서 '결투한다.'로 바뀌더니 종국에는 결투 날짜까지 거론되기에 이르렀다.

무사시는 이렇게 세상의 입방아에 오르내리는 대상이 된 것을 속으로 후회하고 있었다.

예전에는 명성을 떨치고 싶었지만 지금은 결코 그런 것을 원하지 않았다. 오히려 행行과 수련의 합치를 위해 홀로 침잠하고 홀로 묵상하길 바라고 있었다. 그리고 구도 화상의 계몽을 받고 난 후에는 도업道業의 생애가 얼마나 먼 길인지 그는 통감하고 있었다.

'그렇긴 해도.'

무사시는 또 생각에 잠겼다. 세상이 자신에게 내려준 은혜에 대해.

살아 있다는 것, 그것은 이미 세상이 자신에게 내려준 은혜였다. 오늘 떠나는 길에 입고 있는 검은 옷은 고에쓰의 모친이 손수 바느질을 해서 지어준 것이었다. 손에 든 새 삿갓과 짚신, 기타 등등도 모두 세상 사람들의 정이 담긴 물건이 아닌 것이 없었다.

본디 농사도 짓지 않고 베도 짜지 않으면서 밥을 먹고 옷을 입는 자신은 실로 세상의 은혜로 살아가고 있다.

'그 은혜에 어찌 보답할 수 있으랴.'

마음을 거기에 둘 때 그는 세상에 대해 경외심은 가질지언정 귀찮다는 생각이 드는 것은 당치도 않다는 것을 잘 알고 있었지만, 그 호의가 지나쳐서 자신의 진가가 과대 포장되었을 때 무사시는 세상을 두려워하지 않을 수가 없었다.

징이 울린다.

작별 인사.

다시 뱃길이 무사하기를 기원한다.

기가 올라가고, 가벼운 인사들.

보내는 자와 떠나는 자 사이에 눈에 보이지 않는 시간이 흐르고.

"안녕히 가십시오."

"안녕히 계세요."

배를 묶어두었던 밧줄이 풀리자 무사시는 배에 올랐다. 남겨진 사람들이 떠나는 사람들을 부르는 동안 푸른 하늘 아래 커다란 돛이 활짝 날개를 펼쳤다.

그런데 배가 떠난 뒤에 한발 늦게 달려온 나그네가 있었다.

"이런!"

방금 항구를 떠난 배가 눈앞에 보이는데 간발의 차이로 배를 놓치고 만 젊은이는 발을 구르며 연신 안타까워했다.

"아아, 늦었구나. 이럴 줄 알았으면 잠을 자지 않고 오는 거였는데."

잡을 수 없는 배를 바라보고 있는 눈에는 배를 타지 못한 아쉬움만이 아닌 훨씬 더 절실한 원통함이 서려 있었다.

"혹시 곤노스케 님이 아니십니까?"

곤노스케와 마찬가지로 배가 떠난 뒤에도 여전히 그곳에 서 있던 사람들 중에서 고에쓰가 그를 보더니 다가가 말을 걸었다. 곤노스케는 손에 들고 있던 지팡이를 옆구리에 끼고 돌아보았다.

"아, 선생님은?"

"언젠가 가와치河内의 곤고 사金剛寺에서 본 적이 있는……."

"맞습니다. 잊지 않으셨군요, 혼아미 고에쓰 님."

"무사하신 모습을 보니 정말 반갑소이다. 실은 얼핏 소식을 듣고 해를 당하지나 않았는지 걱정하고 있었습니다."

"누구한테 들으셨는지요?"

"무사시 님께요."

"스승님한테서요? 어떻게 아시고?"

"귀공이 구도 산 무리에게 첩자 혐의를 받고 해를 입었을지도 모른다는 소식은 고쿠라 쪽에서 들었습니다. 호소카와 가의 노신인 나가오카 사도 님의 편지 등을 통해서……."

"그렇다 해도 스승님이 어찌 그렇게 소상히……."

"오늘 아침 떠나시기 전까지 무사시 님은 저희 집에서 지내셨습니다. 무사시 님의 거처가 고쿠라에 알려져서 고쿠라와 이따금 편지를 주고받다 이오리도 지금은 나가오카 가에 있다는 걸 알게 되었습니다."

"그럼, 이오리는 무사합니까?"

곤노스케는 지금 처음 그 사실을 알았다는 듯 얼떨떨한 표정을 지었다.

"아, 어쨌든 이런 데서 이러지 말고……."

고에쓰의 말에 곤노스케는 그를 따라 근처 주막에 들어가서 이런저런 이야기를 하다 보니 자신이 의외라고 생각한 것도 무리는 아니었다.

구도 산의 덴신 겟소傳心月叟, 즉 유키무라는 그때 곤노스케를 한 번 보더니 바로 곤노스케의 인간됨을 알아보고는 부하의 과실을 나무라며 그 자리에서 사죄하고 풀어주었다. 그런데 그 일이 오히려 한 사람의 지기를 얻는 전화위복이 되었다.

그 후, 기이紀伊 너머의 낭떠러지에 떨어진 이오리를 유키무라의 부하들과도 함께 찾아보았지만 오늘까지 생사조차 알 수 없었던 것이다. 낭떠러지 아래에 시체가 보이지 않아 살아 있다고 확신은 하고 있었지만, 스승인 무사시를 볼 면목이 없어 이오리를 찾아 긴키近畿 지방을 헤매던 중이었다.

그러다가 우연히 조만간 무사시와 호소카와 가의 간류(사사키 고지로)가 결투를 벌이기로 했다는 항간의 소문을 듣고 무사시가 교토 근방에 있으리라는 것은 짐작으로 알고 있었지만, 곤노스케는 스승을 볼 낯이 없어 이오리를 찾는 데에만 더 열심히 집중했다.

그런데 무사시가 드디어 고쿠라로 출발한다는 말을 어제 구도 산에서 듣고 무사시를 만나기 위해 길을 서둘러 왔지만, 떠나는 시간을 정확히 알지 못했기 때문에 한발 늦고 만 것이었다.

4

고에쓰가 위로하며 말했다.

"그리 원통해하실 필요는 없습니다. 다음 배편은 며칠 후에나 있지만 육로로 쫓아간다면 고쿠라에서 무사시 님과 만날 수도 있고, 나가오카 가로 찾아가서 이오리를 만날 수도 있으니 말입니다."

"그렇지 않아도 바로 육로로 갈 생각이었습니다. 다만 고쿠라에 도착할 때까지만이라도 스승님의 시중을 들어드리고 싶었을 뿐입니다. 게다가 이번 길은 아마 스승님께 있어서도 일생일대의 성패를 가를 중요한 일이라고 생각합니다. 평소 수련에만 전념하는 분이라 만에 하나라도 간류에게 패하시는 일은 없을 테지만 승패는 알 수 없는 일입니다. 사람의 힘을 초월한 무언가가 작용하는 것이 승패의 운이자 또 병가지상사兵家之常事이니 말입니다."

"허나 그리 침착한 모습을 보니 자신이 있는 듯합니다. 과히 걱정하지 마십시오."

"그리 생각은 합니다만, 듣기로는 사사키라는 자가 보기 드문 검의 귀재인 듯합니다. 특히 호소카와 가에 들어간 후로는 아침저녁으로 스스로를 경계하며 수련에 여념이 없다고 들었습니다."

"교만한 천재와 평범한 자질을 꾸준히 갈고닦은 사람 중 누가 이기느냐는 결투가 되겠군요."

"무사시 님도 평범한 분은 아닙니다만."

"아닙니다, 결코 천부적인 자질은 아닙니다. 그 재능의 정도에 의지하지 않을 뿐이죠. 그분은 자신의 자질이 평범하다는 것을 알고 있기 때문에 끊임없이 연마하고 있습니다. 남들에게는 보이지 않는 고뇌를 하고 있습니다. 그것이 어느 순간 빛을 발하면 사람들은 흔히 하늘이 내린 재능이라 합니다. 허나 그것은 노력하지 않는 사람이 자신의 게으름을 달래기 위해 그렇게 말하는 것이죠."

"지당한 말씀입니다."

곤노스케는 마치 자신에게 하는 말처럼 들렸다. 그리고 그렇게 말하는 고에쓰의 넙데데한 옆얼굴을 보면서 그 역시 그런 사람일지 모른다고 생각했다. 겉보기엔 세상을 벗어나 한가로이 사는 사람 같았다. 그러나 지극히 온순한 눈동자도 일단 그가 만들어낼 작품에 몰입했을 때는 전혀 다른 눈빛으로 바뀔 것만 같았다.

"고에쓰 님, 그만 돌아가시지요."

그때, 법의를 몸에 두른 젊은 사내가 주막 안을 들여다보며 말했다.

"오, 마타하치 님이군."

고에쓰가 탁자에서 일어나며 곤노스케에게 말했다.

"그럼, 일행이 기다리고 있어서……."

곤노스케도 함께 일어났다.

"어디, 오사카大坂까지 가십니까?"

"예, 시간이 맞는다면 오사카에서 밤 배편으로라도 요도 강淀川을 통해 돌아가려고 합니다."

"그럼, 오사카까지 같이 가시죠."

곤노스케는 곧장 육로로 부젠의 고쿠라까지 갈 생각인 듯했다. 젊은 아내를 동반한 하이야의 아들과 호소카와 번의 무사들과 시종들, 그리고 다른 사람들도 각기 한 무리를 이뤄 같은 길을 앞서거니 뒤서거니 걸어갔다.

그 길을 가며 마타하치의 현재와 이전의 신상 이야기가 화제에 오르기도 했다.

"부디 무사시가 잘 해내야 할 텐데, 사사키 고지로도 대단한 실력자니……."

고지로의 무서움을 잘 알고 있는 마타하치는 때때로 걱정스러운 듯 중얼거렸다.

해질녘, 세 사람은 혼잡한 오사카 거리를 걷고 있었는데 문득 깨닫고 보니 어느 틈엔가 마타하치가 일행 사이에서 사라지고 없었다.

5

"어디 갔지?"

고에쓰와 곤노스케가 길을 되돌아가서 마타하치를 찾아보았다. 마타하치는 어느 다리 기슭에 우두커니 서 있었다.

"뭘 보고 있는 거야?"

의아하게 생각하면서 두 사람이 멀리서 그를 지켜보고 있자니 마타하치의 눈은 강가에서 저녁 준비로 분주하게 솥이며 채소, 쌀 등을 씻고 있는 부근의 아낙들을 물끄러미 보고 있는 듯했다.

"뭔가 좀 이상한데……?"

멀리서도 표정이 예사롭지 않다는 것을 알 수 있는 두 사람은 잠시 말을 걸지 않고 그대로 내버려둔 채 기다렸다.

"……아아, 아케미다. ……아케미가 틀림없어."

마타하치는 홀로 그곳에 우두커니 서서 신음하듯 중얼거렸다. 강가에 있는 아낙들 사이에서 아케미의 모습을 발견한 것이었다. 우연이라는 생각이 들기도 했지만 우연이 아니라는 생각이 한층 더 강했다.

비록 사실이 아니긴 했지만, 한때 에도의 시바村에서 자신의 아내로 불린 여자였다. 그때는 전생의 깊은 인연 같은 것은 애초에 생각지도 않았지만, 시간이 흐르고 불가에 귀의한 뒤로는 그런 장난 같던 일들이 모두 업보로 여겨졌다.

아케미의 모습은 많이 변해 있었다. 그렇게 변한 모습을 지나가던 다리 위에서 얼핏 보고 놀랄 만한 사람은 아마도 자기밖에 없을 것이라는 생각이 들었다. 우연이 아니다. 사람의 인연은 같은 땅 위에서 숨을 쉬고 있는 이상 언젠가 이렇게 만나는 것이 진실이다.

그건 그렇다 치고, 완전히 다른 사람으로 변한 아케미는 불과

1년 전의 모습조차 전혀 찾아볼 수 없었다. 등에는 때에 전 포대기로 두 살쯤 되어 보이는 갓난아기를 업고 있었다.

'아케미가 낳은 아이인가?'

마타하치는 우선 그것에 충격을 받은 듯했다. 아케미는 얼굴도 몰라볼 정도로 야위어 있었다. 게다가 먼지가 뽀얗게 내려앉은 머리를 질끈 동여매고는 초라한 무명옷에 무거운 광주리를 팔에 끼고 수다스러운 아낙네들의 멸시와 조롱 속에서 물건을 팔기 위해 허리를 굽실거리고 있었다.

광주리 안에는 다 팔지 못한 해초와 대합, 전복 따위가 남아있었다. 등에 업은 아이가 가끔 울면 광주리를 내려놓고 달래다가 울음을 그치면 다시 아낙네들에게 물건을 팔아달라고 애걸하곤 했다.

'저 애기는?'

마타하치는 두 손으로 얼굴을 감쌌다. 그리고 속으로 달수를 헤아려보았다. 두 살이라면 에도에서 살던 때였다. 그것이 맞는다면 스키야数寄屋 다리의 벌판에서 부교쇼의 형리에게 와리다케割竹(끝을 잘게 쪼갠 대나무. 옛날에 야경꾼이 소리를 내면서 끌고 다니거나 죄인을 때릴 때 썼음)로 함께 100대를 맞고 각각 서쪽과 동쪽으로 쫓겨나던 그때 이미 그녀의 몸속에 저 아이를 배고 있었다는 말이다.

"……."

저물녘의 아스라한 햇살이 강물에 반사되어 마타하치의 얼굴에서 일렁거리며 눈물처럼 보였다. 마타하치는 뒤편에서 사람들이 분주히 지나가는 것도 의식하지 못하고 있었다.

이윽고 아무것도 모르는 아케미가 팔지 못한 광주리의 물건을 팔에 걸고 터벅터벅 강가 저편으로 걸어가는 모습을 본 마타하치는 모든 것을 잊고 느닷없이 소리를 질렀다.

"어어이!"

그리고 손을 흔들며 아케미 쪽으로 뛰어가려고 했다.

고에쓰와 곤노스케는 그제야 비로소 마타하치에게 달려가며 그를 불렀다.

"마타하치 님. 무슨 일이오? 왜 그러십니까?"

6

마타하치는 깜짝 놀라 뒤를 돌아보고 그제야 일행에게 걱정을 끼쳤다는 것을 깨달았다.

"아, 죄송합니다. 실은……."

그렇게 말은 꺼냈지만 사실을 털어놓기에는 자리도 적당하지 않았고, 이야기를 한다 해도 이해하지 못할 듯싶었다. 무엇보다 지금 갑자기 가슴에 일어난 감정은 그 자신도 어떻게 설명

할 수가 없었다.

마타하치는 복잡한 심경 속에서 가장 먼저 떠오르는 말부터 했다.

"좀 사정이 있어서 갑자기 환속을 결심했습니다. 아직 스님께 진정한 가르침을 받지 못한 몸이라 환속을 한다는 말도 어울리지 않을 듯싶습니다만."

"갑자기 환속이라니요……?"

마타하치는 조리 있게 말한다고 말했지만, 듣는 사람의 입장에서는 뜬금없는 말에 지나지 않았다.

"대체 무슨 사정이시오? 아무래도 평소와 좀 다른데……."

"자세한 건 말씀드릴 수 없고, 말한다 해도 남이 들으면 비웃을 것입니다. 예전에 함께 살던 여인을 저기서 보았습니다."

"아하, 예전의 여인을……."

두 사람은 어이가 없었지만 마타하치는 그 어느 때보다 더 진지했다.

"그렇습니다. 그 여인이 어린아이를 업고 있었는데 달수를 따져보니 아무래도 제 아이가 틀림없는 것 같습니다."

"정말이오?"

"아이를 업고 강가에서 물건을 팔고 있더군요."

"잠깐, 마음을 좀 가라앉히고 잘 생각해보시오. 언제 헤어진 여인인지 모르나 정말 자신의 자식인지 아닌지."

"의심할 여지도 없습니다. 어느 틈엔가 저는 아비가 된 것입니다. 저는 정말 몰랐습니다. 면목이 없습니다. 갑자기 가슴이 죄어오듯 아픕니다. 전 그녀가 저런 비참한 생활을 하게 내버려둘 수 없습니다. 또 자식에 대해 아비의 책임을 다하지 않으면 안 됩니다."

"……."

고에쓰는 곤노스케와 얼굴을 마주보고 있다가 다소 불안한 듯 중얼거렸다.

"그렇다면 터무니없는 이야기는 아닌 듯한데."

마타하치는 법의를 벗어 염주와 함께 고에쓰에게 맡기며 말했다.

"정말 죄송하지만 이걸 묘신 사의 구도 스님께 돌려주셨으면 합니다. 그리고 죄송합니다만 제 뜻과 함께 저는 오사카에서 아버지가 되어 일을 하겠다고 전해주십시오."

"괜찮겠소? 그런 일로 이걸 돌려드려도?"

"스님께서는 항상 제게 말씀하셨습니다. 속세로 돌아가고 싶으면 언제든 돌아가라고."

"흐음……."

"또 수행은 절에서도 할 수 없는 것은 아니지만 속세에서의 수행이 더 어렵다시면서, 더러운 것과 부정한 것을 피해 절에 들어와 깨끗한 척하는 자보다 거짓과 다툼과 미혹 등 온갖 추악한 것들과 함께 살며 물들지 않는 수행이야말로 참된 수행이라고 하셨습니다."

"흠, 과연……."

"벌써 1년이 넘도록 곁에서 모시고 있지만 제겐 아직 법명도 내려주시지 않고 마타하치라고 부르십니다. 나중에 또 언제든 제가 감당할 수 없는 일이 생기면 스님께 달려가겠습니다. 그러니 부디 그렇게 전해주십시오."

말을 마친 마타하치는 강가로 달려 내려가 저녁 안개에 싸여 희미하게 보이는 그림자를 쫓아갔다.

기다리는 사람

1

붉은 저녁 구름이 한 조각 깃발처럼 나부끼고 있었다. 바닷속을 헤엄쳐 다니는 물고기들이 훤히 들여다보일 정도로 하늘도 물도 한없이 투명했다.

낮부터 시카마 포구의 하류에는 작은 배 한 척이 매여 있었는데, 땅거미가 지기 시작하자 그 배에서 밥을 짓는 연기가 고즈넉하게 피어올랐다.

"바람이 차가워졌는데 춥지 않니?"

오스기는 흙으로 만든 풍로에 장작을 꺾어 지피며 뱃바닥을 보고 말했다. 이엉 아래에는 사공의 아내로는 보이지 않는 가녀린 병자가 목침을 베고 하얀 얼굴을 반쯤 이불로 가린 채 누워 있었다.

"아니요."

병자는 보일 듯 말 듯 고개를 가로젓더니 이내 몸을 조금 일으켜서 죽을 쑤기 위해 쌀을 씻어서 풍로에 얹고 있는 오스기에게 말했다.

"어머님이야말로 아까부터 감기 기운이 있으시잖아요? 이젠 저 때문에 너무 걱정하지 마시고……."

오스기가 뒤를 돌아다보며 다정하게 말했다.

"아니다. 네가 오히려 그동안 얼마나 마음고생이 심했겠느냐. 오쓰야, 머잖아 네가 그토록 기다리는 사람이 탄 배가 올 테니 죽이라도 먹고 기운을 내서 기다리도록 하거라."

"감사합니다."

오쓰는 갑자기 눈물이 앞을 가려 이엉 아래에서 바다 쪽을 바라보았다.

문어잡이 배와 화물선이 몇 척 보였지만, 그녀가 기다리는 사카이 항구에서 출발해 부젠을 오가는 배는 아직 돛의 그림자조차 보이지 않았다.

"……."

오스기는 냄비를 걸고 아궁이를 들여다보고 있었다. 곧 죽이 보글보글 끓기 시작했다. 구름이 조금씩 어두워지고 있었다.

"정말 늦는구나. 늦어도 저녁때까지는 도착할 거라 했는데."

오스기는 파도도 심하지 않고 바람도 잔잔한데 기다리는 배가 좀처럼 보이지 않자 마음을 졸이면서 연신 먼 바다 쪽을 바라보며 혼잣말로 중얼거렸다.

이날 저녁 이곳에 들를 예정인 배는 바로 어제 사카이 항구를 떠난 다로자에몬의 배였고, 배에는 고쿠라로 가는 무사시가 타고 있다는 소문이 산요 가도에 파다하게 퍼져 있었다.

그 소문을 들은 히메지 성의 아오키 단자에몬의 아들인 조타로는 곧바로 심부름꾼을 보내 사누모의 혼이덴 가에 알렸다. 오스기 역시 그 소식을 듣자마자 오쓰가 병을 치료하고 있는 싯포 사로 달려갔다.

작년 가을 끝자락의 폭풍우가 치던 밤, 사요 산의 동굴로 오스기를 구하러 갔다가 오히려 그녀에게 두들겨 맞고 실신한 오쓰는 의식은 본래대로 돌아왔지만 그 이후로 몸이 전과 같지 않았다.

"용서해다오. 네 속이 후련해질 때까지 이 늙은이를 어떻게 해도 상관없다."

오스기는 그 후로 오쓰를 볼 때마다 참회의 눈물을 흘리며 말했다. 오쓰는 그런 오스기의 모습에 송구스러워하며 자신은 예전부터 이렇게 지병을 앓고 있었으니 절대로 그녀 때문이 아니라고 위로했다.

실제로 오쓰는 전부터 지병을 앓고 있었다. 몇 년 전, 교토의 가라스마루 미쓰히로의 저택에 머무를 때도 몇 달 동안 병석에 누워 있던 적이 있었는데, 그때와 용태가 매우 비슷했다.

저녁때가 되면 미열이 나고 잔기침을 했다. 몸은 눈에 띄게 여위어가는데도 그 아름다운 용모는 오히려 아름다움을 한층 더하여 보는 이의 마음을 더욱 슬프게 했다.

2

하지만 그녀의 눈동자는 항상 기쁨과 희망으로 가득 차 있었다.

기쁜 일은 오스기가 자신의 마음을 알아주었을 뿐 아니라 무사시를 비롯해 다른 모든 사람에 대한 자신의 잘못을 깨닫고 마치 다시 태어난 사람처럼 착한 할머니로 변한 것이었다.

또 삶에 희망이 생긴 것은 머잖아 그토록 찾아 헤매던 사람을 만날 수 있다는 생각이 들었기 때문이다.

오스기 역시 그날 이후로 오쓰에게 이렇게 말하곤 했다.

"이제까지의 내 잘못과 오해로 인해 너를 불행하게 만든 사죄의 뜻으로 내가 무사시에게 무릎을 꿇고 빌어서라도 너를 행복하게 해주라고 부탁하마."

그리고 일족들에게는 말할 것도 없고 마을 사람들에게도 옛날 오쓰와 마타하치가 결혼하기로 한 약속은 깨끗이 파기하고 앞으로 오쓰의 남편이 될 이는 무사시가 아니면 안 된다고 자신의 입으로 말하고 다닐 정도였다.

무사시의 누나인 오긴은 오스기가 이렇게 변하기 전에 오쓰를 유인하기 위해 거짓말로 사요 마을 근처에 있는 것처럼 말했지만, 사실은 무사시가 떠난 뒤 하리마播磨에 있는 친척 집에 잠시 몸을 의탁했다가 다른 곳으로 떠난 이후로 소식을 알 수 없었다.

그리하여 오쓰는 싯포 사로 돌아온 이후로 전부터 알고 지내던 사람 중에는 그 누구보다도 오스기와 친밀하게 지냈다. 오스기 역시 아침저녁으로 싯포 사로 병문안을 와서 약과 밥은 잘 먹고 있는지 기분은 어떤지 세심하게 마음을 쓰며 돌봐주기도 하고 용기를 북돋아주기도 했다.

또 언젠가는 만약 그날 동굴에서 오쓰가 그대로 깨어나지 않는다면 자기도 그 자리에서 따라 죽을 마음이었다고까지 말했다.

변덕이 심한 사람이어서 오쓰도 처음에는 언제 태도가 바뀔지 몰라 불안한 마음이 들기도 했지만, 시간이 지날수록 오스기의 진심은 더 깊어지고 세심해지기만 했다.

이따금 '이렇게 좋은 분인 줄 몰랐네.'라며 오쓰조차 예전의 오스기와 지금의 오스기가 같은 사람이라고 믿기 힘들 정도였으니 혼이덴 가의 친족들과 마을 사람들이 "어떻게 저렇게 변하셨지?"라며 놀라는 것도 당연한 일이었다.

그중에서 누구보다도 행복이 뭔지를 알게 된 것은 오스기 자신이었다.

만나는 사람은 물론 말을 건네는 사람, 주변 사람들 모두 자신을 대하는 태도가 예전과는 백팔십도로 달라졌기 때문이다. 사람들을 반갑게 맞이하고 사람들 또한 그녀를 반갑게 맞아주었다. 오스기는 어진 노인으로 존경을 받는 행복을 예순이 넘어서야 비로소 알게 되었다.

어느 날 어떤 사람이 그녀를 보더니 이런 말을 했다.

"할머님은 요즘 얼굴까지 고와지신 것 같습니다."

그러자 오스기는 "정말인가?"라며 슬쩍 거울을 꺼내더니 자신의 모습을 비춰보았다. 거울을 보며 그녀는 세월이 흐른 것을 몸에 사무치도록 느꼈다. 고향을 떠날 무렵에는 아직 반이나 넘게 남아 있던 검은 머리카락이 한 올도 남지 않고 새하얗게 변해 있었다. 자신의 눈에도 마음과 얼굴이 모두 순백의 하얀색으로 변한 것처럼 보였다.

3

"초하룻날 사카이 항에서 출발하는 다로자에몬의 배를 타고 무사시 님이 고쿠라로 가실 것 같습니다."

전에 무사시의 소식을 들으면 바로 알려주겠다던 히메지의 조타로에게서 전갈이 왔다.

"어떡하겠니?"

물론 물을 필요도 없는 말이었지만 그래도 오쓰의 마음을 떠보니 오쓰는 처음 먹었던 생각대로 대답했다.

"가야지요."

저녁때만 되면 늘 미열이 나서 이불 속에 누워 있었지만 걷지 못할 정도의 병은 아니었다. 오쓰는 곧장 싯포 사를 출발했고, 오스기가 동행하며 친자식처럼 돌봐주었다. 도중에 아오키 단자에몬의 집에서 하룻밤 신세를 질 때 단자에몬이 이런 말을 했다.

"부젠을 오가는 배편이라면 시카마에 반드시 들를 터. 하룻밤은 짐을 내리느라 정박할 것이오. 번에서도 마중을 나가겠지만, 그대들은 남의 눈에 띄지 않도록 하구의 작은 배에 있는 게 좋을 것이오. 두 사람이 만날 기회는 우리 부자가 꼭 만들도록 하겠소."

그렇게 그날 점심 무렵에 시카마 포구에 도착한 오쓰와 오스기는 하구에 작은 배를 얻어서 다로자에몬의 배가 들어오기를 기다리게 되었던 것이다. 필요한 물건은 전에 오쓰의 유모였던 사람의 집에서 이것저것 가져왔다.

그런데 마침 그 유모가 사는 염색집 울타리 근처에는 얼마 전부터 히메지 번의 사람들 스무 명 정도가 무사시를 기다리며 그의 장도를 축하하기 위해 연회 자리를 준비해놓고, 또 그를 직접 만나 그의 인간성을 알아보기 위해 가마까지 끌고 마중을 나와 있었다.

그중에는 아오키 단자에몬과 아오키 조타로도 있었다.

히메지의 이케다 가와 무사시는 고향도 그렇고 또 무사시의 젊은 시절 기억에도 결코 가볍지 않은 인연이 있었다.

'당연히 그는 영광으로 알 거야.'

마중을 나온 이케다 가의 무사들은 모두 그렇게 생각하고 있었고, 단자에몬과 조타로 역시 그들과 같은 생각이었다.

하지만 오쓰는 그들과 생각이 달랐다. 오쓰는 무사시가 곤란해할지도 모른다고 생각해서 일부러 멀리 떨어진 하구의 작은 배에서 기다리고 있었던 것이다.

그런데 어떻게 된 일인지 바다에는 어둠이 깔리고 붉은 저녁 노을이 흐릿해지면서 초저녁 빛이 어느새 검푸르게 변하기 시작했는데도 배는 보이지 않았다.

"우리가 늦은 걸까?"

누군가가 사람들을 돌아보며 말했다.

"그럴 리가 없을 텐데."

마치 자신의 책임인 것처럼 대답한 이는 교토에서 무사시가 배편으로 초하룻날에 출발한다는 말을 듣자마자 달려온 무사였다.

"배가 떠나기 전에 사카이의 고바야시에게 사람을 보내 초하루에 출발한다는 것을 확인하고 왔는데……."

"오늘은 바람도 없는 잔잔한 바다라 늦을 이유가 없으니 곧 보이겠지."

"바람이 없으니 여느 때와는 속도가 다를 터, 늦는 건 그 때문일 거야."

서서 기다리다가 지쳐서 모래 위에 주저앉는 자도 있었다. 어느새 개밥바라기가 하리마 해협의 하늘가에 총총 떠 있었다.

"아, 저기 보인다."

"정말?"

"저 돛인 것 같아."

"그렇군."

사람들은 웅성거리며 부둣가로 무리를 지어 걸어갔다.

조타로는 그 무리에서 슬쩍 빠져나와 하구로 달려가서 이엉을 얹은 배를 향해 큰 소리로 알렸다.

"오쓰 님, 할머님, 스승님이 타고 계신 배가 보입니다."

4

오늘 저녁에 들어온다던 다로자에몬의 배, 그토록 기다리던 무사시가 타고 있는 배가 바다 저편에 보인다는 말에 작은 배 안에 있던 오쓰는 마음이 설레었다.

"뭐, 배가 보인다고?"

배가 흔들렸다.

"어디?"

오스기도 일어섰다.

오쓰는 정신이 없는 듯했다.

"얘, 위험해."

오스기는 허둥지둥 뱃전을 잡고 일어서려는 오쓰를 안아 부축했다. 그리고 함께 숨을 죽인 채 목을 길게 빼고 바라보았다.

"오오, 저건가?"

별빛을 받으며 검은 돛을 활짝 편 한 척의 커다란 범선이 어둠이 깔린 잔잔한 바다 위에서 미끄러지듯 두 사람의 눈 속으로 점점 다가오고 있었다.

조타로가 기슭에 서서 손가락질하며 말했다.

"저 배다…… 저 배야!"

"조타로!"

오스기는 손을 놓으면 그대로 배에서 떨어질 것 같은 오쓰를 꼭 끌어안고 말했다.

"미안하지만 이 배의 노를 저어서 저 배 아래로 좀 빨리 가 줄 수 없겠나? 한시라도 빨리 만나게 해주고 싶네. 이야기를 나눌 수 있게 해주고 싶어. 오쓰를 데리고 무사시한테 가서 말이야."

"아니요, 할머님. 그렇게 서둘러봐야 소용없습니다. 지금 번 사람들이 저기 강가에 서서 기다리고 있고, 사공 한 명이 벌써 배를 가지고 스승님을 마중하러 갔습니다."

"그렇다면 더욱 서둘러야지. 남의 눈치만 보고 있다간 이 아이를 만나게 해줄 틈도 없을 게야. 번 사람들이 둘러싸고 무사시를 데리고 가기 전에 어떻게든 먼저 만나게 해주고 싶네."

"이거 참 난처하게 됐군."

"그래서 염색집에서 기다리는 게 좋았는데, 자네가 번 사람들의 시선을 염려해서 이처럼 작은 배에 숨어 있게 하는 바람에 이리 된 게 아닌가?"

"아닙니다. 그렇지 않습니다. 중요한 일로 가시는 길인데 공연히 이상한 소문이 나면 안 되겠기에 아버지께서 걱정되어 그렇게 한 겁니다. 그러니 아버지와 상의해서 나중에 기회를 봐서 스승님을 이곳으로 모시고 올 테니 그때까지 여기에서 기다려주십시오."

"그럼, 무슨 일이 있어도 무사시를 이리로 데리고 오겠는가?"

"스승님이 마중을 간 배에서 내리시면 염색집 마루에서 번 사람들과 함께 쉬실 겁니다. 그때 잠깐 모시고 오겠습니다."

"기다리고 있을 테니 꼭 데리고 오게."

"예, 기다리고 계세요. 오쓰 님도 그동안 편히 쉬고 계시고요."

조타로는 그렇게 말하고 조바심이 나는지 서둘러 아까 있던 강가로 달려갔다. 오스기는 오쓰를 이엉 아래로 데리고 가서 위로하며 말했다.

"누워서 좀 쉬거라."

오쓰는 목침에 얼굴을 묻고 한동안 흐느꼈다. 갑자기 몸을 움직인 것이 좋지 않았는지, 아니면 바다 냄새가 너무 강한 탓인지 잔기침을 했다.

"또 기침을 하는구나."

오스기는 그녀의 가녀린 등을 문질러주면서 기침을 멎게 해줄 요량으로 곧 무사시가 이곳에 올 것이라고 말했다.

"어머님, 이제 아무렇지도 않아요. 고맙습니다. 어머님도 그만 쉬세요."

기침이 멎자 오쓰는 헝클어진 머리카락을 쓸어 올리며 자신의 매무새를 돌아보았다.

5

시간이 꽤 흘렀건만 기다리는 무사시는 좀처럼 오지 않았다. 오스기는 오쓰를 배에 남겨놓고 기슭으로 올라갔다. 조타로가 데리고 올 무사시를 그곳에 서서 기다리고 있는 눈치였다.

오쓰도 무사시가 곧 온다고 생각하니 가슴이 뛰어서 가만히 누워 있을 수만은 없는 듯했다. 목침과 침구를 구석으로 밀어놓은 그녀는 옷깃을 여미고 허리끈을 고쳐 매는 등 매무새를 만졌다. 사랑을 알게 된 열일고여덟 살 무렵의 두근거림이나 지금의 떨림이나 그녀에게는 달라진 것이 전혀 없는 듯했다.

작은 배의 뱃머리에는 화톳불이 걸려 있었다. 캄캄한 강어귀를 비추는 화톳불은 오쓰의 가슴속에서도 빨갛게 타오르고 있었다.

오쓰는 아픈 몸도 잊고 뱃전에서 하얀 손을 뻗어 빗을 적셔서 머리를 빗어 올렸다. 그리고 손바닥에 백분을 조금 녹여서 엷게 얼굴에 발랐다.

오쓰는 문득 무사들도 깊은 잠을 자고 난 직후나 몸이 다소 좋지 않을 때 주군을 알현하는 자리에 나가거나 누군가를 만날 때는 그 티를 내지 않으려고 볼에 백분을 바른다는 말을 떠올렸다.

"무슨 말을 해야 할까?"

오쓰는 무사시와 만났을 때가 걱정스러웠다. 이야기를 하자면 평생을 두고 해도 끝이 없을 것이다. 하지만 만날 때마다 늘 아무 말도 할 수 없었다. 무사시가 또 화를 낼까 두렵기도 했다.

시기도 좋지 않다.

세상 사람들이 지켜보는 가운데 사사키 고지로와 결투를 하러 가는 길인 만큼 그의 성품이나 신념으로 볼 때 아마 자신을 만나는 것이 그다지 달갑지만은 않을 것이다.

하지만 그런 만큼 그녀에게는 오늘이 마지막 기회일지도 모른다. 고지로를 상대로 무사시가 패한다고는 생각하지 않았지만, 이긴다는 보장 또한 어디에도 없었다. 세간에는 무사시가 강하다고 하는 사람들과 고지로가 강하다는 사람들이 반으로 갈려 있었다.

만약 오늘이라는 기회를 놓치고 만에 하나라도 이대로 다시는 이 세상에서 만나지 못하는 불행이 닥친다면 그 한은 100년이 지나도 사라지지 않을 것이다.

'하늘에서는 비익조比翼鳥가 되고, 땅에서는 연리지가 되자.'며 내세를 기약했던 당나라 황제 현종의 회한을 가슴속에서 되뇌며 울다 죽는다 한들 그 한을 다하지 못할 것이었다.

'뭐라 꾸중을 들어도……'

오쓰는 자신의 병이 가벼운 척하며 굳은 의지로 이곳에 왔지만, 막상 무사시를 만날 때가 닥쳐오자 가슴이 아플 정도로 두근거리고 무사시가 어떻게 생각할지 두려운 나머지 만나서 할 말조차 찾을 수 없었다.

기슭에 올라가서 서성거리는 오스기 역시 오늘 밤 무사시를 만나면 먼저 지난날의 원한과 오해를 풀어 마음의 짐을 덜고 싶었다. 또 참회하는 뜻으로 무사시가 뭐라 하든 오쓰의 남은 인생을 그에게 맡겨야겠다고 결심했다. 무릎을 꿇고 부탁하는 한이 있더라도 그렇게 하지 않으면 오쓰에게 너무 미안했다.

그렇게 홀로 이런저런 생각을 하며 어둠 속에서 반짝이는 수면을 바라보고 있는데 조타로가 달려오더니 자신에게 다가오면서 불렀다.

"할머님이세요?"

6

"조타로, 기다리고 있었네. 그래, 자네 말대로 무사시가 곧 이리로 오는 겐가?"

"할머니, 죄송합니다."

"죄송하다니?"

"잠깐만요, 어떻게 된 일인지 말씀드리겠습니다."

"자세한 이야기는 나중에 듣기로 하고, 대체 무사시는 이리로 오는 겐가, 안 오는 겐가?"

"안 오십니다."

"뭐, 안 온다고?"

오스기는 망연한 표정으로 그렇게 묻더니 오쓰와 함께 낮부터 노심초사 기다리며 가졌던 기대가 한꺼번에 무너진 듯 실망한 기색이 역력했다.

조타로는 난처한 표정으로 한참을 머뭇거리다 이윽고 자초지종을 설명했다.

실은 아까 번의 무사들과 함께 무사시를 마중 간 배를 기다리고 있었는데 아무리 기다려도 소식도 없고 마중을 간 배도 돌아오지 않았다. 하지만 다로자에몬의 배가 바다 저편에 정박해 있었기 때문에 무슨 사정이 있어서 늦는 것이려니 하며 모두가 강가에 서 있었는데, 이윽고 마중 나간 배를 탄 사람이 되돌아오는 모습이 보였다.

모두 드디어 무사시를 볼 수 있겠구나 하고 생각한 것도 잠시, 배 위에서 무사시의 모습은 볼 수 없었다. 어떻게 된 일인지 사공에게 물어보니 이번엔 시카마에서 배를 타는 손님도 없고 얼마 되지 않는 짐은 바다에서 기다리고 있던 사공에게 건넸기 때문에 배는 곧장 무로室 나루로 간다는 것이었다.

그래서 마중 간 자가 자신은 히메지 번의 가신인데 이번 배편에 타고 오시는 미야모토 무사시라는 분을 하룻밤 모시고자 많은 사람들이 강가에서 기다리고 있으니 잠시라도 시간을 내서 내려주실 수 없겠느냐고 다시 청했더니 그 말을 선장에게 전해 들은 무사시가 이윽고 고물에 나타나서 자신에게 이렇게 말했다고 한다.

"호의는 감사하나 이번에는 아시는 바와 같이 중대한 일로 고쿠라로 향하는 길이고, 또 배도 오늘 밤 안으로 무로 나루로 가야만 하니 너그러이 양해해달라고 전해주시오."

이런 연유로 하는 수 없이 배를 돌려서 강기슭으로 돌아와 경과를 보고하는 동안 다로자에몬의 배는 다시 돛을 올리고 시카마 항구를 떠났다는 것이었다.

조타로는 이렇게 내막을 이야기하고 자신도 낙심천만이라는 듯 힘없이 말했다.

"번 사람들도 어쩔 수 없는 일이라며 모두들 돌아갔습니다. 그런데 할머님, 저희는 어떻게 하면 좋겠습니까?"

"아니, 그럼 다로자에몬의 배는 벌써 이 포구를 떠나 무로 나루로 향했단 말인가?"

"그렇습니다. 저기 보이지 않습니까? 지금 모래톱 앞쪽 솔밭을 돌아 서쪽으로 가는 배가 다로자에몬의 배입니다. ……저기 고물에 무사시 님이 서 계실지도 모릅니다."

"아아, 저 배가."

"참으로 안타깝습니다."

"조타로, 자네는 어째서 마중 나간 배에 같이 타고 가지 않았는가?"

"이제 와서 하나마나 한 말씀이죠."

"눈앞에서 배를 보면서도 만날 수 없다니 안타까워 하는 말이네. ……아아, 오쓰에겐 뭐라고 말한단 말인가. 조타로, 내 입으로는 도저히 말을 못하겠네. 자세한 이야기는 자네가 하는 게 좋겠어. ……하지만 잘 달래가면서 얘기하지 않으면 병이 더 나빠질지도 몰라."

7

조타로가 알리러 가지 않아도, 오스기가 괴로운 마음을 억누르며 전해주지 않아도, 그곳에서 두 사람이 나누던 말소리는 배 안 이엉 아래에서 귀를 기울이고 있던 오쓰에게도 들렸다.

처얼썩, 처얼썩……

뱃전을 때리는 강어귀의 고즈넉한 파도 소리에 가슴이 미어지며 흘러내리는 눈물을 주체할 수 없었다. 그러나 오쓰는 오늘 밤의 엇갈린 인연을 조타로나 오스기처럼 안타까워하지는 않았다.

'오늘 만나지 못하더라도 다른 날에는, 오늘 나누지 못한 이야기는 언젠가 다른 곳에서……'

10년을 이어온 오쓰의 맹세는 전혀 흔들림이 없었다. 오히려 무사시가 배에서 내리지 않은 심정을 그럴 수도 있다며 충분히 이해할 수 있을 것 같았다.

들기로 간류 사사키 고지로라는 자는 이미 주고쿠와 규슈九州에 그 이름이 널리 알려진 검의 달인이었다. 무사시를 상대로 자웅을 겨루고자 마음먹은 이상, 그 역시 필승의 신념을 다지고 있을 것이 틀림없다. 아무리 무사시라고 해도 이번 규슈행은 결코 평온한 여행길이 아닐 것이다.

오쓰는 자신을 원망하기에 앞서 그렇게 생각했다. 그렇게 생각하기 때문에 오히려 더 하염없이 눈물이 앞을 가렸다.

"저 배에, 저 배에 무사시 님이⋯⋯."

모래톱의 솔밭 끝에서 서쪽으로 가는 배의 돛을 바라보면서 오쓰는 뱃전에 몸을 기댄 채 하염없이 눈물을 흘리고 있었다.

그러다 문득 그녀는 마음속 깊은 곳에서 자신도 깨닫지 못하고 있던 강한 힘이 솟는 것을 느꼈다. 그것은 오랜 세월 동안 온갖 고난을 헤쳐온 한 줄기 굳센 의지였다.

한없이 가냘프고 나약해 보이는 그녀의 어디에 그런 강인한 의지가 감춰져 있었는지 의심될 정도로 그녀의 볼에 발그레하게 핏대가 솟았다.

"어머니. 조타로!"

오쓰가 갑자기 배에서 그들을 불렀다. 두 사람은 그녀가 있는 배 위의 기슭으로 다가왔다.

"오쓰 님."

뭐라고 말해야 할지 망설이다가 조타로가 힘없는 목소리로 대답했다.

"들었어. 방금 두 사람이 나누는 말을 듣고 배의 사정으로 무사시 님이 오시지 못하게 된 것을⋯⋯."

"들으셨습니까?"

"응. 이젠 어쩔 수 없지. 또 하염없이 슬퍼만 하고 있을 때도 아니야. 이렇게 된 이상 차라리 고쿠라로 가서 결투를 직접 보고 싶어. 만일의 경우가 일어나지 않을 거라고 어떻게 장담할 수 있겠니? 그때는 내 손으로 유골을 수습해서 돌아올 생각이야."

"그런 병든 몸으로 어찌……."

"병이라……."

오쓰는 자신이 병자라는 사실을 까맣게 잊고 있었다. 그러나 조타로가 아무리 주의를 주어도 그녀의 의지는 육신을 초월해서 훨씬 높은 경지에 있는 건강한 신념 속에서 숨을 쉬고 있었다.

"너무 걱정하지 마. 이제 아무렇지도 않으니까. 아니, 무슨 일이 있다 해도 결투 결과를 끝까지 지켜보기 전까진……."

'절대 죽지 않을 거야.'

마지막 한 마디는 가슴속에 남겨두고 분주히 몸을 추스른 오쓰는 혼자서 뱃전을 붙잡고 기어가듯 기슭으로 올라갔다.

"……."

조타로는 양손으로 얼굴을 감싼 채 뒤로 돌아서 있었고, 오스기는 소리 내어 울고 있었다.

매와 여인

1

　모리 이키노카미 가쓰노부毛利壱岐守勝信의 거성居城이던 고쿠라 성은 게이초 5년(1600)의 난이 일어나기 전까지 가쓰노勝野 성이라 불렸는데, 그 이후 하얀색 성벽과 망루 등이 잇달아 증축되면서 새로운 성의 위용을 갖추게 되어 호소카와 다다오키細川忠興에 이어 다다토시忠利에 이르기까지 2대에 걸친 영주의 본성이 되었다.

　간류 사사키 고지로는 거의 이틀에 한 번 꼴로 등성하여 다다토시 공을 위시하여 가신들에게 검술을 지도하고 있었다.

　도다 세이겐富田勢源의 도다류에서 파생하여 가네마키 지사이鐘巻自斎를 거쳐 고지로에 이르러 고지로 자신이 창안한 검의劍意와 두 선조의 연구 결과를 통합하여 이룩한 통칭 간류라는 일파의 검법은 그가 부젠에 오고 나서 몇 년 지나지도 않은 사이에 번의 무사들이 배우게 되어 규슈 일대를 풍미하고 있었다. 또 멀리 시코쿠四國와 주고쿠에서도 호소카와 번의 성시로 찾아와 1년이고 2년이고 그를 스승으로 섬기다 인가를 받고 귀국하려는 자들이 많았다.

그의 어깨에 사람들의 신망이 쌓여갈수록 다다토시도 훌륭한 인재를 영입했다며 기뻐했다. 또 상하를 막론하고 가신들도 고지로를 두고 모두 대단한 인물로 평가했다.

고지로가 오기 전까지는 신카게류新陰流를 쓰는 우지이에 마고시로氏家孫四郎가 사범을 맡고 있었지만 거성巨星 간류의 빛에 마고시로의 존재는 어느덧 있는 듯 없는 듯한 존재가 되어버렸다.

그러한 분위기를 눈치 챈 고지로가 다다토시 공에게 "부디 마고시로 님을 저버리지 마십시오. 소박한 검법이긴 하나 소신과 같은 젊은이의 검보다는 일일지장—日之長이 있습니다."라고 칭찬하면서 검술 지도를 우지이에 마고시로와 하루씩 나누어 맡겠다고 제의했다.

또 어느 날은 "고지로는 마고시로의 검을 소박하지만 일일지장이 있다 하고, 마고시로는 고지로의 검법을 두고 자신은 미치지 못하는 하늘이 내린 고수라 하니 어느 쪽이 맞는지 한 번 겨뤄보도록 하라."라는 다다토시의 말에 두 사람은 두 말 없이 목검을 들고 주군 앞에서 승부를 겨루게 되었는데, 고지로가 적당한 기회를 엿보다 먼저 목검을 내려놓고 마고시로의 발아래 앉더니 느닷없이 이렇게 말하는 것이었다.

"제가 졌습니다."

마고시로 또한 당황했다.

"겸손의 말씀입니다. 본시 저는 고지로 님의 상대가 되지 못합니다."

이렇게 서로 승패를 양보한 일도 있었는데 이런 일들이 쌓여서 고지로에 대한 사람들의 신망은 더욱 두터워졌다.

"과연 간류 선생이군."

"훌륭한 분이야."

"참 고상한 분이셔."

"속이 얼마나 깊은지 알 수 없는 분이지."

"겸손하고 배려심도 깊고……."

하루 걸러 말을 탄 일곱 명의 시종에게 창을 들게 하고 등성하기 위해 거리를 지나면 그를 존경하는 자들이 말 앞으로 나와서 인사를 하고 갈 정도로 존경을 받고 있었다.

하지만 자신보다 하수인 마고시로에게조차 그토록 관대하던 그도 곁에서 누군가가 무심코 미야모토니 무사시니 하며 긴키 지역이나 아즈마노쿠니東國에서의 무사시에 대한 좋은 평판을 입에 담기라도 하면 말투가 갑자기 소인배의 속 좁은 험담으로 바뀌는 것이었다.

"그자도 근래에는 다소 세상에 알려지더니 자칭 '이도류'라 칭하고 있다고 하더군. 본시 잔재주가 있는 자여서 교토와 오사카 부근에서는 대적할 자가 없을 테니 말이야."

고지로는 이렇게 칭찬인지 비방인지 구분하기 어려운 말을 하며 얼굴에 어떤 감정이 드러나는 것을 억눌렀다.

2

"아직 한 번도 만난 적은 없지만 무사시 님의 이름은 가미이즈미上泉, 쓰카하라塚原 이후 야규 가의 중흥을 이끈 세키슈사이石舟斎를 제외하고는 당대의 명인이자 달인이라 상찬하는 자가 많습니다."

가끔은 또 간류가 사는 하기노코지萩之小路 저택을 찾아온 떠돌이 무인이 오랜 세월에 걸친 고지로와 무사시의 감정을 알지 못하고 이렇게 말하면 고지로는 굳이 불쾌한 표정을 감추지도 않고 냉소적으로 말했다.

"하하하, 그렇습니까? 세상에 눈 먼 장님이 천 명이라는 말도 있으니 그를 명인이라고 말하는 이도 있을 것이고, 달인이라고 하는 이도 없지는 않을 것이오. 허나 그만큼 세상의 검술이라는 것이 질적으로 저하되고, 바람이라도 불면 금방 사라져버리고,

그저 매명賣名에만 밝은 교활한 자들이 횡횡하는 시대라는 것을 말해주는 것이 아니겠소이까? ……다른 사람들은 모르지만 이 간류의 눈으로 보면, 그가 일찍이 교토에서 허명을 날린 요시오카 일문과의 결투, 특히 열두세 살밖에 되지 않은 아이까지 이치조 사一乘寺에서 베어 죽인 잔인하고 비열한, 비열하다고 하면 이해하지 못할 수도 있겠소만, 그때 분명 그는 혼자였고 요시오카 쪽이 다수였던 것은 사실이지만, 어쨌든 그는 도망치고 말았소이다. 그 외에도 그가 자란 이력을 보고 그가 어떤 야망을 가지고 있는지 알면 침을 뱉어 마땅한 인물이라고 나는 생각하고 있소. 하하하, 병법의 처세술에 능하다는 면에서는 달인이라고 한다면 찬성할 수 있겠지만, 검의 달인이라고는 생각하지 않소. 세상 사람들이란 참 아둔하단 말이야."

말을 나누던 자가 거기서 멈추지 않고 무사시를 더 칭찬하고 들면 간류는 그 자체가 자신을 멸시하고 조롱하는 것처럼 얼굴을 붉혔다.

"무사시는 잔인하고 싸우는 방법이 비굴한 자요. 무사라고 하기에도 부끄러운 인간이란 말이오."

고지로는 상대가 그것을 인정하기 전까지 계속해서 반감을 드러냈다.

이런 그의 태도에 대해서 평소 그를 인격자라고 존경하던 가신들은 속으로 뜻밖이라고 여기게 되었는데, 이윽고 무사시와 사사키가 오랜 세월에 걸쳐 원한이 쌓인 사이라는 소문과 또 얼마 후에는 머잖아 주군의 명으로 두 사람이 결투를 한다는 소문까지 돌자 그간 고지로의 의심스러웠던 행동도 모두 이해가 되었고, 사람들의 이목은 자연스럽게 결투 기일과 형세가 어떻게 돌아갈 것이냐에 집중되었던 것이다.

이 같은 소문이 성 안팎에 퍼진 뒤 간류의 거처인 하기노코지 저택에 아침저녁으로 뻔질나게 드나드는 사람이 있었는데, 바로 번의 노신 중 한 명인 이와마 가쿠베에岩間角兵衛였다. 가쿠베에는 에도에 있을 때 고지로를 주군에게 천거하여 사범의 자리에 앉힌 인연으로 지금은 그를 일족의 한 사람으로 여기고 있을 정도였다.

오늘도 어김없이 가쿠베에는 고지로를 찾아왔다.

4월 초순, 땅에 떨어진 벚꽃이 겹겹이 쌓여 있는 정원에 새빨간 철쭉이 피어 있었다.

"집에 계시는가?"

가쿠베에는 시종의 안내를 받아 안채로 들어갔다.

"이와마 님이시군요."

방 안은 응달만이 차지하고 있고, 주인인 사사키 간류는 매를 주먹 위에 올려놓고 정원에 서 있었다. 잘 훈련된 매는 고지로의 손바닥 위에 있는 모이를 먹고 있었다.

　고지로는 무사시와의 결투가 결정되고 얼마 지나지 않아 이와마 가쿠베에의 중재와 고지로를 배려한 주군 다다토시의 명으로 이틀에 한 번 등성해서 검술을 지도하는 일도 당분간 쉬게 되었다. 그래서 고지로는 매일 집에서 조용히 휴양을 하며 한가로이 지내고 있었다.

　"간류 선생, 오늘 드디어 어전에서 결투 장소가 결정되어 급히 알려주러 왔소."

　시종이 서원 쪽에 자리를 마련해서 권하자 서 있던 가쿠베에는 고개만 끄덕이고 다시 고지로에게 말했다.

　"처음에는 기쿠노나가하마鬪長浜로 할 것인지, 무라사키 강紫川의 강가로 할 것인지 논의를 했으나 그와 같은 협소한 장소에서는 설사 대나무 울타리를 둘러친다 해도 밀려드는 구경꾼들을 막을 수 없을 것이기에……."

　"그럴 겁니다."

　간류는 항간의 관심과 그런 이야기에는 전혀 관심이 없다는 듯 주먹 위의 매에게 모이를 주면서 매의 눈과 부리를 바라보고 있었다. 기껏 생각해서 소식을 전하러 온 가쿠베에는 다소 맥이 빠진 듯 손님인 그가 오히려 재촉했다.

　"서서 이야기할 게 아니라 저리 들어가서……."

"잠시 기다려주십시오."

간류는 여전히 관심이 없는 듯 말했다.

"이 모이만 먹이고 나서……."

"주군께서 주신 매가 아니오?"

"그렇습니다. 작년 가을, 매사냥을 가셨을 때 손수 내려주신 천궁天弓이라는 이름의 매인데 길을 들이고 나니 어찌나 사랑스러운지."

간류는 손바닥 위에 남은 모이를 버리고 뒤에 있는 나이 어린 소년을 돌아다보며 매를 넘겨주었다.

"다쓰노스케辰之助, 우리에 넣어두도록 해라."

"예."

다쓰노스케는 매를 들고 매를 넣어두는 우리 쪽으로 물러갔다. 저택은 꽤 넓었고 석가산 저편은 소나무로 둘러싸여 있었다. 담장 밖은 바로 이타쓰到津 강가이고 부근에는 다른 중신들의 저택도 많았다.

"실례를 범했습니다."

간류가 서원으로 자리를 옮겨 앉으며 말하자 가쿠베에는 오히려 손을 저으며 허물없이 말했다.

"한집안 식구나 다름없는데 그게 무슨 말씀이오? 나도 여기에 오면 아들 집에 온 것처럼 편안하다오."

그때 묘령의 시녀가 아리따운 자태로 차를 들고 오더니 손님을 힐끗 올려다보면서 부끄러운 듯 말했다.

"변변치 않습니다만 드시지요."

가쿠베에는 고개를 저으며 말했다.

"오미쓰お光구나. 언제 보아도 곱구나."

"별말씀을 다 하십니다."

오미쓰는 목덜미까지 빨개져서 도망치듯 손님의 눈앞에서 물러나 장지문 너머로 사라졌다.

"매도 길들이면 사랑스럽지만 본시 성질이 사나운 새이니 천궁보다 오미쓰를 곁에 두는 게 좋을 듯싶소. 내 일찍부터 그녀에 대한 그대의 심중을 물어보려던 참이기도 했고……."

"언제 이와마 님의 댁에 오미쓰가 은밀히 찾아간 적이 있지 않았나요?"

"비밀로 해달라고 했지만 숨길 필요는 없겠지. 실은 내게 의논을 하러 온 적이 있었소."

"흥, 그런데도 내게는 여태 아무 말도 없더군요."

고지로는 하얀 장지문을 힐끗 노려보더니 말했다.

4

"무리도 아니니 그리 화내지 마시오."

가쿠베에는 그렇게 달래며 간류의 표정이 부드러워지는 것을 본 뒤에 말했다.

"여자의 몸으로는 오히려 걱정되는 게 당연한 일 아니겠소? 그대의 마음을 의심해서가 아니라 이대로 지내다가는 장차 어떻게 될지…… 자신의 앞날은 누구나 염려하는 법이오."

"그럼 오미쓰에게 모든 얘길 들으셨겠군요. 면목이 없습니다."

"무슨 소리."

간류가 쑥스러워하는 기색을 보이자 가쿠베에는 괜찮다는 듯 말했다.

"남녀 사이에는 흔한 일이오. 언젠가 그대도 좋은 배필을 맞아 가정을 꾸려야 할 터. 큰 저택에 살며 많은 제자와 하인을 거느린 몸이 되었으니 말이오."

"허나 일단 시녀로 집 안에 두었던 여인을 세상의 이목도 있는데 어찌……."

"그렇다고 해서 이제 와서 오미쓰를 버릴 수는 없지 않소? 게다가 아내로 삼기에 부족한 여자라면 다시 생각해볼 일이겠지만, 집안도 좋고 게다가 듣자 하니 에도의 오노 지로에몬 다다아키小野治郎右衞門忠明의 조카딸이 아니오?"

"그렇습니다."

"그대가 지로에몬 다다아키 도장에 단신으로 결투를 하러 가서 다다아키로 하여금 오노 파의 잇토류一刀流가 쇠퇴하였다는 걸 깨닫게 해줬을 때 친해졌다고 하던데."

"사실입니다. 부끄러운 일입니다만, 은인과 같은 가쿠베에 님에게 감추는 것도 도리가 아닌 듯하여 언젠가 말씀드리려고 했습니다. 말씀하신 대로 오노 다다아키 님과 결투를 하고 저녁이 되어 돌아오는 길이었는데 웬 처녀가, 그때는 아직 숙부인 지로에몬 다다아키 님을 곁에서 모시고 있던 오미쓰가, 작은 등불을 들고 어두운 사이가치 언덕皀荚坂에서 마을까지 안내해주었습니다."

"흠, 그렇게 된 것이군."

"별 뜻 없이 지나가는 말로 한 말을 진심으로 받아들였는지, 그 후 다다아키 님이 출가한 후 저를 찾아온 것입니다."

"아니, 이제 됐소. 사정 이야기는 그 정도면 충분하오."

가쿠베에는 겸연쩍은 얼굴로 손을 저으며 웃었다.

그러나 그로부터 얼마 후 에도 시바의 이사라고伊皿子를 떠나 고쿠라로 이사올 때까지 그가 그런 여인을 숨겨두고 있었다는 사실을 얼마 전까지도 전혀 모르고 있었던 것은 사실이었다. 가쿠베에는 자신의 아둔함이 어이가 없으면서도 고지로가 그쪽 방면에는 재주가 보통이 아닌 것과 주도면밀함에 내심 혀를 내둘렀다.

"어쨌든 그 일은 내게 맡겨두시오. 지금은 상황이 상황이니만큼 갑자기 아내로 맞이하는 것도 이상할 것이오. 중요한 결투를 잘 마무리한 후에 다시 이야기하도록 합시다."

가쿠베에는 그렇게 말하고 자신이 찾아온 용건을 떠올렸다.

그는 상대인 무사시를 간류에 비하면 아무것도 아닌 것으로 여기고 있었다. 오히려 간류의 지위나 명성을 더욱 크게 떨치는 데 있어 거쳐가는 시련쯤으로 치부하고 있었다.

"어전 회의에서 결정된 결투 장소는 앞서도 얘기한 바와 같이 어차피 성 근처에서는 혼잡을 피할 수 없을 듯하니 차라리 바다나 섬이 좋다고 하여 아카마가세키와 모지가세키門司ヶ関 사이에 있는 작은 섬인 아나토가시마穴門ヶ島라고도 하고 후나시마船島라고도 하는 곳으로 결정이 났소."

"아, 후나시마에서 말입니까?"

"그렇소. 하여 무사시가 도착하기 전에 한번 그곳의 지세를 살펴두는 편이 다소 유리하지 않겠소?"

5

결투를 하기 전에 결투 장소의 지세를 알아두는 것은 분명 유리한 일이다. 당일 결투에 임했을 때의 진퇴, 또 부근에 나무가 있느냐 없느냐, 태양의 방향에 따라 어느 쪽으로 적을 맞이할 것인가 등 적어도 낯선 곳에 아무 준비도 없이 가서 승부를 겨루는 것보다는 작전상으로도 그렇고 마음의 여유로도 차이가 생길 것이다.

이와마 가쿠베에는 내일이라도 당장 낚싯배를 한 척 빌려서 후나시마를 미리 답사하는 것이 어떻겠느냐고 권하자 간류가 말했다.

"병법에서는 모든 것에 임기응변이 중하다고 하였습니다. 이쪽이 방비를 해도 적이 그 허를 찔러 공격하는 경우에는 오히려 실수를 범하는 예가 왕왕 있습니다. 하여 임기응변의 자유로운 마음으로 임하는 것이 상책입니다."

가쿠베에는 옳은 생각이라는 듯 고개를 끄덕이더니 후나시마에 미리 가 볼 것을 더 이상 권하지 않았다.

간류는 오미쓰를 불러서 술상을 차리라고 일렀다. 두 사람은 초저녁까지 허심탄회하게 술자리를 같이했다.

가쿠베에는 자신이 돌봐준 간류가 오늘날 이와 같은 명성을 얻고, 주군의 총애도 두터우며 커다란 저택의 주인이 되어 이렇게 술대접을 하고 있는 것에 보람을 느끼고 이것이 인생의 기쁨 중 하나라는 표정으로 술잔을 기울이고 있었다.

"이젠 오미쓰를 불러다 놓고 이야기해도 좋을 듯하오. 어쨌든 결투가 끝나면 고향에 계시는 가까운 친척들을 모시고 혼례를 올리도록 하시오. 검의 길에 정진하는 것은 좋은 일이지만 먼저 가명家名의 토대를 군건히 해야 하오. 그리 되면 이 가쿠베에의 역할도 일단 다하는 셈이 되겠지.”

가쿠베에는 자신이 부모 노릇을 대신하고 있다는 것처럼 기분이 아주 좋은 듯했지만, 간류는 끝까지 취하지 않았다.

그는 날이 갈수록 말이 없어졌다. 결전의 날이 다가옴에 따라 갑자기 사람들의 출입도 빈번해졌다. 성에 들어가지 않는 대신 손님을 맞이하느라 정양靜養의 의미는 없어졌다.

그렇다고 해서 문을 닫아걸고 오는 손님을 사절할 수도 없었다. 간류가 문을 닫아걸고 사람도 만나지 않는다는 소리를 듣는 것은 왠지 비겁한 것 같아서 싫었다. 간류는 그런 사소한 것들에 의외로 신경을 많이 쓰고 있었다.

“다쓰노스케, 매를 내오거라.”

간류는 들판에 나갈 채비를 한 후 천궁을 주먹 위에 올리고 아침 일찍 집을 나서기로 마음먹었다. 집에서 손님에 시달리느니 밖에 나가 바람을 쐬는 편이 한결 나을 것 같았다.

날씨가 좋은 4월 상순, 매를 데리고 야산을 거니는 것만으로도 정양이 되는 것 같았다.

호박색 눈동자를 번뜩이며 하늘에서 먹잇감을 쫓는 매를 다시 간류의 눈이 좇고 있었다. 매가 먹잇감을 발톱으로 부여잡자 하늘에서 새의 깃털이 팔랑거리며 떨어졌다. 간류는 흡사 자신이 매가 된 듯 숨도 쉬지 않고 바라보고 있었다.

“그래, 바로 저거야!”

그는 매를 스승으로 삼아 깨달은 바가 있었다. 하루가 다르게 그의 얼굴에는 자신감이 더해갔다.

그런데 저녁때 집에 돌아와보면 오미쓰의 눈은 늘 퉁퉁 부어 있었다. 그것을 화장으로 감추고 있는 것이 그의 마음을 더 아프게 했다. 무사시에게는 무조건 이길 것이라는 자신감이 있었지만, 오미쓰의 그런 모습을 보면 문득 자신이 죽은 뒤의 일이 떠오르기도 했다.

'내가 죽고 혼자 남게 되면…….'

그리고 또 이상하게도 평소에는 생각도 나지 않던 죽은 어머니가 생각나기도 했다.

'앞으로 며칠 남지 않았다.'

이렇게 생각하며 잠자리에 드는 밤이면 그의 눈 속에선 호박색 매의 눈과 수심에 잠겨 퉁퉁 부은 오미쓰의 눈이 번갈아 나타났고, 그 중간중간 어머니의 모습도 나타났다 사라지곤 했다.

폭풍 전야

1

아카마가세키도 마찬가지였다. 모지가세키, 고쿠라 성시는 말할 것도 없었다. 근래 며칠 동안 떠나는 사람은 적고 머무는 사람은 많아서 어느 여관이고 만원이었다. 여관 앞에는 꼭 있기 마련인 말을 매어두는 말뚝에도 말들로 북적이고 있었다.

- 포 고 -

하나.

오는 십삼 일 진시辰時 상각上刻,

부젠 나가토長門 해협 후나시마에서

당 번의 간류 사사키 고지로에게 결투를 명함.

상대는 사쿠슈의 낭인 미야모토 무사시.

또 하나.

당일, 근방에서는 화기火氣를 엄금하며

양쪽 편 사람들의 바다를 건너는 행위 또한 엄금한다.

유람선, 나룻배, 어선 등도 마찬가지로 해협을 왕래하지말 것.

단, 이는 진시 하각까지다. 이상

게이초 십칠 년(1612) 사월

※진시는 오전 7시부터 오전 9시까지, 각은 한 시진을 삼등분
  해서 40분 단위로 상각·중각·하각으로 한다.

나루터와 네거리 등지에 팻말이 세워지고 사람들은 팻말을
둘러싸고 무리를 지어 모여 있었다.

"13일이면 바로 내일모레가 아닌가?"

"먼 곳에서 일부러 찾아오는 사람들도 많다던데, 우리도 며칠
머물렀다가 구경이나 하고 가세."

"멍청하긴, 10리나 떨어진 바다 한가운데의 후나시마에서 결
투를 하는 데 보일 리가 있겠나?"

"모르는 소리. 가자시 산風師山에 오르면 후나시마의 소나무
까지 보이네. 똑똑히 보이진 않더라도 그날 부젠과 나가토 양쪽
기슭에서 해로를 막고 삼엄한 경비를 하는 모습을 보는 것만으
로도……."

"날이 화창하면 좋겠는데."

"요즘 같아서는 비는 오지 않을 걸세."

저잣거리에는 벌써부터 13일에 있을 결투 얘기뿐이었다. 구경하기 위해 배를 내거나 다른 모든 해상 왕래는 진시 하각까지 금한다는 포고령이 내려졌기 때문에 선주들은 실망했지만, 그럼에도 여행객들은 결투 당일의 광경만이라도 보기 위해 전망 좋은 곳을 차지하고 기다리고 있었다.

11일, 점심 무렵이었다. 모지가세키에서 고쿠라로 들어가는 성문 입구에 있는 주막 앞에 젖먹이 아이를 달래면서 서성거리는 여인이 있었다.

바로 얼마 전 오사카의 강가에서 마타하치가 우연히 발견해서 뒤를 쫓아가 만난 아케미였다. 젖먹이도 여행길이 낯선지 울음을 그치지 않았다.

"졸린가 보네. 자장자장 우리 아가. 잘도 잔다 우리 아가……."

젖꼭지를 물리고 발로 박자까지 맞추는 아케미는 이미 체면이나 화장 따위는 잊은 지 오래인 듯 오직 아이밖에 모르는 모습이었다. 사람이 이렇게까지 변할 수 있을까 싶을 정도로 예전의 그녀를 아는 사람은 상상도 할 수 없는 일이었다. 하지만 아케미에게는 이런 변화나 지금의 모습이 전혀 부자연스러워 보이지 않았다.

"오오, 아기야 잠이 들었니? 아직도 울고 있는 거야? 여보, 아케미!"

밥집에서 나오면서 그렇게 그녀를 부른 것은 마타하치였다.

법의를 돌려주고 환속한 것은 얼마 전의 일이었다. 두 사람은 머리에 두건을 두르고 감물을 들인 옷을 입고 있었다. 그날 이후 부부가 된 두 사람은 노잣돈도 없이 오사카를 떠나 젖먹이의 젖이 되는 아케미의 먹을 것을 사기 위해 엿통을 메고 엿을 팔아 한 푼 두 푼 벌면서 간신히 오늘 고쿠라에 도착한 것이었다.

"내가 대신 안고 있을 테니 빨리 밥 먹고 와. 젖이 나오지 않는다고 했으니 많이 먹고 와. 많이."

마타하치는 아기를 안고 자장가를 부르며 밥집 밖에서 왔다 갔다 하고 있었다. 그런데 지나가던 시골 무사가 "어?" 하고 마타하치를 한동안 바라보더니 가던 길을 되짚어 왔다.

2

아기를 안고 있던 마타하치도 걸음을 멈춘 그를 보았지만 어디서 만난 누구인지 기억이 나지 않았다.

"어, 어……?"

그러자 시골 무사가 말했다.

"몇 해 전 교토 9조의 솔밭에서 만났던 이치노미야 겐파치—ノ宮源八요. 그때는 행각승의 모습을 하고 있었으니 알아보지 못하는 것도 무리가 아니겠지."

그러나 여전히 마타하치가 기억하지 못하는 듯하자 겐파치가 다시 말했다.

"그때 귀하는 고지로 님의 이름을 사칭하여 가짜 고지로 행세를 하며 배회하고 있던 것을 내가 진짜 사사키 고지로 님인 줄 알고……."

"아아, 그럼 그때!"

마타하치가 그제야 생각난 듯 큰 소리로 말했다.

"그렇소. 그때 그 행각승이오."

"그렇군요. 잘 지내셨소?"

마타하치가 인사를 하는 바람에 애써 잠이 들었던 아기가 다시 울기 시작했다.

"오, 착하지 착해. 울지 마라, 울지 마."

이야기가 그렇게 중단되자 이치노미야 겐파치는 다시 길을 가려다 물었다.

"그런데 성시에 살고 계신다는 사사키 님의 댁이 어딘지 아시오?"

"저도 실은 방금 도착해서 잘 모릅니다."

"그럼, 역시 무사시와의 결투를 보러 오신 거요?"

"아니, 뭐 딱히 그런 것은……."

그때 밥집에서 나온 두 사람이 지나가다 겐파치에게 말했다.

"간류 님의 저택은 무라사키 강의 바로 옆인데 우리 주인님의 저택과 같은 골목 안에 있으니 그리로 가는 길이라면 안내해드리겠소."

"아, 고맙습니다. ……마타하치 님, 그럼."

겐파치는 허둥지둥 두 사람을 따라갔다. 마타하치는 때와 먼지로 몹시 지저분한 그의 모습을 바라보다 중얼거렸다.

"그 먼 조슈上州(지금의 군마 현群馬県)에서 오는 길인가?"

당장 내일모레로 닥친 이번 결투가 전국 방방곡곡 빠진 데 없이 얼마나 널리 알려졌는지 충분히 짐작할 수 있었다.

그리고 몇 해 전, 겐파치가 찾아다니던 주조류中条流의 인가 목록을 손에 넣고 가짜 고지로 행세를 하며 떠돌아다니던 자신의 모습이 얼마나 한심하고 파렴치한 짓이었는지 지금 돌이켜보니 몸서리가 쳐질 정도로 괴로웠다.

그 무렵의 자신과 지금의 자신. 생각해보면 그런 깨달음을 얻을 만큼은 성장한 셈이다.

'나 같은 얼간이도 잘못을 깨닫고 다시 시작하면 조금씩이라도 변할 수 있는 거구나.'

밥을 먹는 동안에도 아기의 울음소리가 귓가에서 떠나지 않아 허겁지겁 밥을 먹은 아케미가 밥집에서 뛰어나오며 말했다.

"미안해요. 제가 업을 테니 등에 업혀주세요."

"이젠 젖이 나와?"

"졸릴 거예요. 업고 있다 보면 금방 잠이 들 텐데요, 뭐."

"그런가. ……그래, 알았어."

마타하치는 아기를 그녀의 등에 업혀주고 자신은 엿통을 어깨에 걸머졌다. 사이가 좋은 엿장수 부부를 지나가던 사람들이 모두 돌아보고 간다. 이들처럼 금실이 좋은 부부가 많지 않아서 어쩌다 길거리에서 이런 모습을 보면 한없이 부러운 모양이다.

"애기가 참 귀엽구먼. 몇 살인가? ……호호, 웃고 있구려."

머리를 가지런히 잘라서 늘어뜨린 기품 있는 노파가 뒤에서 따라와 아케미가 업은 아이를 보면서 어르며 말했다. 아기를 어지간히 좋아하는지 함께 가는 하인에게까지 아기의 웃는 얼굴을 보라고 말했다.

3

아케미와 마타하치는 어디 싸구려 여인숙이라도 찾아 하룻밤 묵으려고 뒷골목으로 들어가려고 했다.

"그리 가시오?"

뒤따라오던 노파가 빙긋 웃으며 작별 인사를 하더니 문득 생각난 듯 물었다.

"댁들도 여행 중이신 모양인데 혹 사사키 고지로 님의 저택이 어디쯤인지 모르시오?"

"방금 전에 먼저 찾아간 무사가 있었는데 무라사키 강 옆이라고 하더군요."

마타하치가 가르쳐주자 노파는 고맙다는 말을 하고 하인을 재촉해서 곧장 걸어갔다. 노파를 바라보던 마타하치는 문득 혼잣말로 중얼거렸다.

"아아, 어머니는 어떻게 지내고 계실까?"

마타하치는 자식이 생기자 비로소 부모의 심정을 이해할 수 있을 것 같았다.

"여보, 그만 가요."

아케미는 등에 업은 아이를 어르면서 뒤에서 기다리고 있었다. 하지만 마타하치는 여전히 멍하니 저편에서 걸어가는 오스기와 비슷한 연배의 노파를 바라보고 있었다.

오늘은 고지로도 매와 함께 집에 있었다. 지난밤부터 들이닥친 손님들로 정원이 가득 차 있었기 때문에 주인인 고지로도 매사냥은 나갈 수 없었다.

"어쨌든 기뻐해야 할 일이야."

"간류 선생의 명성도 이걸로 더욱 높아질 걸세."

"축하할 일이지."

"그렇고말고. 후세에 길이 남을 명예가 될 게야."

"허나 상대가 무사시인 만큼 신중을 기하지 않으면……."

멀리서 온 손님들이 벗어놓은 짚신이 큰 현관이고 옆 현관이고 가리지 않고 넘쳐났다. 교토와 오사카에서 온 사람이 있는가 하면 주고쿠를 비롯해서 멀리 에치젠越前의 조쿄 사淨敎寺 마을에서 온 손님도 있었다.

집안사람들만으로는 손이 모자라서 이와마 가쿠베에의 가족들까지 와서 손님을 접대하고 있었다. 또 번의 무사들 중 평소 간류에게 사사하고 있는 사람들까지 번갈아 찾아와 내일모레로 다가온 결전을 기다리고 있었다.

"내일모레라고 해도 실제로는 내일 하루밤에 남지 않았군."

이곳에 있는 사람들의 면면을 보면 무사시에 대해 알건 모르건 간에 무사시를 적대시하지 않는 자가 없었다. 특히 전국 각지로 퍼져 나간 요시오카 문파에 속했던 자들이 꽤 많았는데, 지금도 그들의 가슴속에는 이치조 사 사가리마쓰下リ松(옛날부터 여행자의 표시로 계속 심어온 소나무. 이치조 사의 상징이 되었고, 지금 남아 있는 소나무는 4대째다)에서의 원한이 남아 있었다.

그 외에 무사시가 외길을 걸어오는 10년 동안 무사시 자신도 모르는 적이 많이 생겼고, 그들 전부는 아니더라도 일부 사람들은 어떤 계기로 인해 무사시의 반대편에 서 있는 고지로의 편이 되었다.

"조슈에서 손님이 오셨습니다."

젊은 무사가 현관에서 사람들이 앉아 있는 큰 방으로 또 한 명의 손님을 데리고 들어왔다.

"저는 이치노미야 겐파치라는 사람으로……."

순박한 손님은 사람들에게 인사를 하고 모르는 사람들 틈에 앉았다.

"허, 조슈에서 오다니……."

사람들은 그 먼 곳에서 찾아온 것을 위로라도 하듯 겐파치를 바라보았다. 겐파치는 조슈 하쿠운 산白雲山의 부적을 받아왔으니 그것을 신단 위에 올려놓아달라고 문하생에게 건넸다.

"기원까지 드리는군."

방 안에 있던 자들은 그의 기특한 마음씨에 탄복하면서 처마 너머의 하늘을 보며 말했다.

"13일엔 화창하겠지?"

이날, 11일도 이미 해가 지고 저녁놀이 하늘을 새빨갛게 물들이고 있었다.

4

넓은 방을 가득 메운 손님들 중 한 명이 말했다.

"여보슈, 조슈에서 오신 이치노미야 겐파치인가 하는 분, 간류 선생을 위해 기원까지 드리고 멀리서 예까지 찾아오시다니 참으로 정성이시구려. 헌데 선생하고는 어떤 연고가 있으시오?"

겐파치가 대답했다.

"저는 조슈 시모니타下仁田에서 온 구사나기草薙 가의 가신입니다. 구사나기 가의 돌아가신 당주이신 덴키天鬼 님은 가네마키 지사이 선생님의 조카분이셨습니다. 하여 고지로 님과는 어려서부터 잘 알고 지낸 사이입니다."

"아, 간류 선생께서 소년 시절 주조류의 가네마키 선생 밑에서 계셨다더니."

"이토 야고로 잇토사이伊藤弥五郎一刀斎, 그분과 동문이었습니다. 그분께 고지로 님의 검이 훨씬 더 강하다는 말을 종종 들었던 터라……."

겐파치는 이어서 고지로가 스승인 지사이가 내린 인가 목록을 사양하고 독자적인 유파를 세우겠다는 대의를 일찌감치 품고 있었다는 이야기며, 소년 시절부터 남에게 지기 싫어하던 일화 등을 들려주었다. 그때 손님을 맞이하던 무사가 방 안으로 들어오더니 고지로를 찾았다.

"선생님은? 선생님이 이곳에 오시지 않았습니까?"

그가 주위를 두리번거리며 고지로를 찾다가 고지로가 보이지 않자 다른 방으로 찾으러 가려는데 손님들이 물었다.

"왜 그러나? 무슨 일인데?"

"예, 지금 현관에 이와쿠니岩國에서 왔다며 나이 든 노파가 고지로 님을 만나게 해달라고 해서 말입니다."

그는 이렇게 말하고 급히 다른 방으로 가서 고지로를 찾았다.

"방에도 안 계시고 어디 계시지?"

그가 중얼거리며 어쩔 줄 모르고 있는데 그곳을 치우던 오미쓰가 가르쳐주었다.

"매 우리에 계십니다."

간류는 저택 안을 가득 메운 손님들에겐 신경도 쓰지 않고 혼자 매 우리에 들어가서 말없이 횃대 위에 앉아 있는 매를 돌보고 있었다. 모이를 주기도 하고 빠진 털을 치워주기도 하고 주먹 위에 올려놓고 쓰다듬기도 하면서.

"선생님."

"누구냐?"

"접니다. 방금 대문 앞에 어떤 노모께서 이와쿠니에서 찾아오셨습니다. 만나 보면 자신이 누군지 알 것이라고만 말씀하시면서요."

"노모? 이상하군, 내 어머니는 이미 이 세상 분이 아니신데. 숙모님이신가?"

"어디로 모실까요?"

"만나고 싶지 않다. 이런 상황에선 누구와도 만나고 싶지 않아. ……하지만 숙모님이 오셨다면 안 만날 수도 없으니 내 방으로 모시도록 해라."

그가 나가자 고지로는 다쓰노스케를 불렀다.

"다쓰노스케!"

고지로의 시동처럼 항상 곁에 있는 제자인 다쓰노스케는 매우 이리로 들어와 고지로의 뒤편에서 한쪽 무릎을 꿇고 대답했다.

"예, 부르셨습니까?"

"오늘이 11일이니 드디어 내일모레구나."

"예, 그렇습니다."

"내일은 오랜만에 등성하여 주군께 인사를 올리고 하룻밤 조용히 보내고 싶구나."

"하지만 손님들이 너무 많이 오셔서 소란스럽습니다. 내일은 손님과 만나시는 걸 일절 피하시고 일찍 주무시도록 하십시오."

"나도 그러고 싶다."

"스승님을 응원하겠다며 객실에 와 있는 손님들이 오히려 방해가 되는 듯합니다."

"그리 말하지 마라. 그들은 날 생각해서 찾아오신 분들이다. 허나 승패는 시운時運인 법. 운이 전부는 아니지만 병가兵家의

홍망도 마찬가지일 것이다. 만일 내가 죽으면 나중에 문갑 속에 두 통의 유서가 있으니 한 통은 이와마 님께 드리고 다른 한 통은 오미쓰에게 전해다오."

"유서라니요?"

"무사란 만일의 경우를 생각할 줄 알아야 하는 법이니 당연한 일 아니냐. 그리고 그날 아침엔 시중을 들 사람으로 한 명만 동행이 허락되었으니 네가 후나시마까지 동행하거라. 알겠느냐?"

"과분한 은혜에 몸 둘 바를 모르겠습니다."

"천궁도……."

간류는 횃대에 앉아 있는 매를 보고 말했다.

"네 주먹 위에 올려서 섬까지 데리고 가도록 하자. 뱃길을 10리나 가야 하는데 배 안에서 위안도 될 테고."

"잘 알겠습니다."

"그럼, 이와쿠니에서 오신 숙모님께 인사를 드리러 가 볼까."

간류는 밖으로 나왔지만 지금의 심경에서 숙모와 같은 사람을 만나는 것이 아무래도 마음이 내키지 않는 듯 보였다.

이와쿠니의 숙모는 단정하게 자리에 앉아 있었다. 붉게 타오르던 저녁놀도 붉게 달아올랐던 강철이 차갑게 식은 것처럼 검게 변해 있었고, 방에는 등불이 켜져 있었다.

"아니, 이게 누구십니까?"

간류는 아랫자리를 찾아 머리를 조아려 인사했다. 그는 모친이 죽은 후 거의 숙모의 손에서 자랐다. 어머니는 자식에게 너그러운 면이 있었지만 숙모는 그런 면이 전혀 없었고, 그저 시아주버님의 자식이자 사사키 가문의 가명을 짊어진 고지로의 장래를 멀리서나마 지켜보고 있는 유일한 친척이었다.

6

"조카님, 듣자 하니 이번에 일생의 대사에 임한다고 하더구먼. 이와쿠니에도 소문이 자자하네. 하여 가만히 있을 수가 없어서 조카님의 얼굴을 보러 왔네. 아무튼 이리 훌륭하게 출세를 하다니, 참으로 장하시네."

이와쿠니의 숙모는 집안 대대로 전해 내려오는 장검을 짊어지고 고향을 떠났던 소년 시절의 그와 당당히 일가를 이룬 지금의 그를 비교해보며 사뭇 감회가 깊은 듯했다. 간류는 머리를 조아리고 말했다.

"10여 년 동안 소식을 전하지 못한 죄를 너그러이 용서해주십시오. 남이 보기에는 출세한 듯 보일지 모르지만, 아직 저는 이 정도론 만족하지 못합니다. 하여 그만 고향에도……."

"아니네. 조카님의 소식은 풍문으로도 종종 듣고 있는 만큼 소식은 없어도 잘 지내고 있다는 건 알고 있었네."

"고향에까지 저에 대한 소문이 미치고 있는 줄은 몰랐습니다."

"있는 정도가 아니지. 이번 결투에 대해서도 모르는 이가 없을 정도네. 무사시에게 패한다면 이와쿠니의 수치이자 사사키 일족의 불명예라고 모두 응원하고 있네. 특히나 요시카와吉川 번에 손님으로 와 계시는 가타야마 호키노카미 히사야스片山伯耆守久安 님을 비롯하여 문하의 사람들도 고쿠라까지 오신다고 하더군."

"결투를 보러 오시는 겁니까?"

"그런데 팻말을 보니 내일모레는 일절 배가 출항할 수 없다는 포고령이 내려져서 실망할 사람들도 많지 싶네. 아 참, 쓸데없는 말만 하다가 잊고 있었는데 조카님한테 줄 선물을 하나 가져왔으니 받아주시게."

그녀는 짐을 풀더니 정성스레 개어두었던 속옷 한 벌을 꺼냈다. 그것은 흰 광목천에다 하치만구八幡宮의 대보살인 마리지천摩利支天의 명호名號를 쓰고 양쪽 소매에 필승의 주문이라는 범梵 자를 100명의 바늘로 꼼꼼하게 수놓은 속옷이었다.

"고맙습니다."

고지로는 공손히 받아들고 말했다.

"피곤하실 텐데 집 안이 혼잡하니 그냥 이 방에서 쉬시도록 하시지요."

고지로는 그 말을 끝으로 숙모를 남겨두고 다른 방으로 옮겼지만 그 방에도 손님이 있었다.

"이건 오토코 산男山에 있는 하치만八幡 신사의 부적이니 당일에 품에 지니고 가시지요."

이렇게 부적을 주는 자도 있었고, 갑옷 속에 받쳐 입는 미늘로 만든 속옷을 건네주는 자, 또 어디서 보냈는지 부엌에는 커다란 도미와 술통을 싸는 거적 등이 놓여 있어서 고지로는 어디에 있어야 할지 모를 지경이었다.

이렇게 고지로를 응원하는 자들은 모두 그가 이기기를 간절히 바라고 있었는데, 그중에 8, 9할은 고지로가 이번 결투에서 이긴 후에 입신할 것을 예상하고 미리 그와 좋은 관계를 만들어 놓으려는 자들이었다.

'만약 내가 낭인이었다면.'

고지로는 갑자기 쓸쓸해졌다. 그러나 사람들이 이렇게까지 자신을 믿게 만든 것은 다름 아닌 바로 자기 자신이었다.

'반드시 이겨야 해.'

그는 그렇게 생각했다. 그렇게 생각한다는 것 자체가 결투에 임하는 마음에 방해가 된다는 것을 알면서도 어쩔 수 없었다.

'이기지 않으면 안 돼! 반드시 이겨야 해!'

바람에 일렁이는 연못의 잔물결처럼 그의 가슴속에는 이런 상념이 끊임없이 요동치고 있었다.

저녁이 되었다. 넓은 방에 모여 술을 마시거나 밥을 먹고 있는 사람들 중에서 누군가 말했다.

"오늘 무사시가 도착했다는군."

"모지가세키에 도착한 배에서 내려 성시에 모습을 나타냈다던데."

"그럼, 아마 나가오카 사도의 집에서 머물 거야. 누가 가서 사도 집의 동태를 좀 살피고 오는 게 어떨까?"

드디어 올 것이 왔구나 하는 것처럼 여기저기서 사람들이 웅성거리고 있었다.

말편자

1

간류의 저택에 알려진 바와 같이 같은 날 저녁에 무사시는 이곳에 당도해 있었다.

무사시는 배편을 이용해서 이미 며칠 전에 아카마가세키에 도착한 듯했지만 누구 하나 그가 무사시라는 것을 알아보는 사람도 없었고, 무사시 또한 어딘가에 틀어박힌 채 휴식을 취하고 있었던 것이 아닌가 싶다.

그날 11일, 무사시는 모지가세키로 건너가서 고쿠라 성시에 있는 나가오카 사도의 집을 찾아가 도착했다는 인사를 전하고, 또 결전 당일의 결투 장소와 시각 등을 알았다는 대답을 하고 현관에서 바로 돌아갈 생각이었다.

현관에 나온 나가오카의 가신은 그의 말을 들으면서도 이 사람이 정말 무사시인가 하고 뚫어지게 바라보다가 말했다.

"주군께서는 아직 성에 계시지만 곧 돌아오실 테니 들어와서 기다리시지요."

"감사합니다만 다른 용건은 없으니 지금 드린 말씀만 전해주시면 됩니다."

"어려운 걸음을 하셨는데 그냥 돌아가시면 나중에 주군께서 섭섭해하실지도 모를 일이라."

그는 자신도 그냥 무사시를 돌려보내고 싶지 않은 듯 만류하며 말했다.

"그럼, 잠시만 기다려주십시오. 주군은 안 계십니다만 일단 안에는 기별을……."

그는 이렇게 말하고 급히 안으로 들어갔다. 그리고 복도를 쿵쿵거리며 달려오는 발소리가 들리는가 싶더니 현관 마루에서 뛰어내려 무사시의 품에 달려드는 소년이 있었다.

"스승님!"

"아, 이오리구나."

"스승님……"

"공부는 열심히 하고 있었느냐?"

"예."

"많이 컸구나."

"스승님!"

"왜?"

"스승님은 제가 여기 있는 걸 알고 계셨나요?"

"나가오카 님의 편지를 보고 알았다. 그리고 고바야시 다로자에몬의 집에서도 들었어."

"그래서 놀라지도 않으셨군요?"

"그래. 이 댁에서 지내면 너에게도 좋고 나도 마음을 놓을 수 있으니까."

"……."

"왜 그리 슬퍼하느냐?"

무사시는 이오리의 머리를 쓰다듬었다.

"한번 신세를 진 이상 사도 님의 은혜를 잊어서는 안 된다."

"예."

"무예뿐 아니라 글공부도 열심히 해야 해. 평소에는 무슨 일이든 남들보다 겸손하고 남들이 꺼려하는 일은 네가 먼저 자진해서 해야 한다."

"예……."

"너는 어머니가 안 계신다. 아버지도 없다. 부모가 없는 사람은 세상을 곱지 않은 시선으로 바라보고 비뚤어지기 쉽지만 넌 그렇게 되어서는 안 돼. 사람들과 어울려 지내며 따뜻한 마음으로 살아야 한다. 네 마음이 따뜻하지 않으면 다른 사람의 그런 마음을 알 수 없는 법이야."

"예, 예……."

"너는 똑똑하지만 발끈하면 거친 성격이 나오고 만다. 그런 성격을 누를 줄도 알아야 해. 너는 아직 어리고 앞으로 많은 날들을 살아야 하니 목숨을 귀히 여기도록 해라. 나라를 위해, 무사도를 위해, 버리기 위해 목숨을 아껴야 하느니라. 사랑하고 고이 간직하며 떳떳하게……."

이오리의 얼굴을 가슴에 안고 이렇게 말하는 무사시의 말에서 어딘가 마지막 유언인 듯한 절실함이 느껴졌다. 그렇지 않아도 예민해질 대로 예민해져 있던 이오리는 무사시가 목숨을 귀히 여기라는 말을 하자 갑자기 울컥하더니 무사시의 가슴에 안긴 채 흐느끼기 시작했다.

2

이오리는 나가오카 가에서 지내게 된 이후로 옷차림이 깔끔해진 것은 물론 앞머리도 단정하게 묶고 하얀 버선까지 신고 있었다. 무사시는 그 모습만 봐도 이오리에 대해서는 안심할 수 있었다. 그리고 그런 이오리에게 쓸데없는 말을 했구나 하고 살짝 후회가 되기도 했다.

"울지 마라."

무사시가 뭐라 해도 이오리는 울음을 그치지 않았다. 무사시의 가슴 자락이 눈물로 흠뻑 젖었다.

"스승님…….."

"남들이 보면 놀린다. 왜 울어?"

"스승님은 내일모레가 되면 후나시마로 가시겠죠?"

"가지 않으면 안 되지."

"꼭 이겨주세요. 이대로 다시는 못 만나는 건 싫습니다."

"하하하. 이오리, 너는 내일모레 일을 생각하고 우는 거냐?"

"많은 사람들이 스승님은 간류의 적수가 되지 못한다, 어리석은 약속을 했다고 말하고들 있어요."

"그렇겠지."

"분명 이길 수 있죠? 스승님, 이길 수 있죠?"

"걱정 마라, 이오리."

"그럼, 됐어요."

"지더라도 깨끗하게 지고 싶다고 바랄 뿐이다."

"스승님, 이길 수 없을 것 같으면 지금이라도 멀리 떠나세요."

"세상 사람들의 말 속에는 진실이 담겨 있다. 네 말대로 어리석은 약속인 건 맞아. 하지만 일이 이렇게까지 되었는데 도망친다면 무사도를 저버리는 것이 된다. 무사도를 저버리는 것은 나 혼자만의 수치가 아니다. 세상 사람들의 마음까지 저버리는 것이야."

"하지만 스승님은 생명을 사랑하라고 저에게 가르쳐주셨잖아요."

"그랬었지. 그러나 내가 너에게 가르쳐준 것은 모두 나의 단점들뿐이었어. 나의 나쁜 점, 내가 할 수 없는 것, 미치지 못해서 안타까워하는 것들뿐이었다. 너는 그렇게 되지 않기를 바라는 마음에서 가르쳐주었던 거야. 내가 후나시마의 흙이 되거든 그런 나를 교훈으로 삼아서 목숨을 버리는 일 따위는 절대 하지 말아야 한다."

무사시는 자신도 먹먹한 기분에 사로잡힐 것 같아서 이오리의 얼굴을 가슴에서 떼어놓으며 말했다.

"아까 나왔던 분에게도 부탁해두었다만 사도 님께서 돌아오시면 말씀을 잘 전해드려야 한다. 후나시마에서 뵙자고 말이다."

무사시가 그렇게 말하고 대문 쪽으로 가려고 하자 이오리는 무사시의 삿갓을 붙잡고는 목멘 소리로 그를 부르더니 더 이상 말을 잇지 못했다.

"스승님…… 스승님."

이오리는 고개를 숙이고 한 손으로는 무사시의 삿갓을 쥐고 다른 한 손으로는 얼굴을 가린 채 어깨만 들썩이고 있었다.

그때 옆에 있는 중문이 조금 열리더니 누군가 들어왔다.

"미야모토 선생님이십니까? 저는 이 댁에서 주군의 시중을 들고 있는 누나노스케縫殿介라고 하는데 이오리가 저리 이별을 슬퍼하는 것도 무리가 아닌 듯싶습니다. 여러모로 바쁘시겠지만 하다못해 하룻밤만이라도 묵고 가시는 것이 어떠신지요?"

무사시는 답례를 하면서 공손하게 말했다.

"말씀은 고맙지만 후나시마의 한 줌 흙이 될지도 모르는 몸이
라 다른 분들에게 폐를 끼칠까 심히 염려가 됩니다."

"지나친 염려이십니다. 이대로 돌아가신다면 저희들이 주군
께 꾸중을 들을지도 모릅니다."

"자세한 것은 다시 서신을 통해 사도 님께 말씀드리도록 하겠
습니다. 오늘은 도착했다는 인사를 드리러 온 것이니 부디 잘 말
씀드려주시길 바랍니다."

무사시는 이렇게 말하고 대문을 나섰다.

3

"어이!"

누군가 무사시를 불렀다. 잠시 후 누군가가 다시 불렀다.

"어어이!"

방금 나가오카 사도의 집에 인사를 마치고 골목에서 덴마伝馬
강변으로 나와 이타쓰到津 해변 쪽으로 내려간 무사시의 뒷모습
을 향해 네다섯 명의 무사들이 손을 흔들고 있었다.

호소카와 가의 무사들이라는 것은 금방 알 수 있었는데, 모두

연배가 있었고 그중에는 백발이 성성한 노무사도 보였다.

　무사시는 아직 알아차리지 못한 듯 파도가 치는 물가에 말없이 서 있었다. 해는 서쪽으로 기울고 있었고 뿌연 안개 너머로 보이는 잿빛 어선의 돛은 움직임이 전혀 없었다.

　이 부근에서 바닷길로 약 10리쯤 떨어진 곳에 있는 후나시마는 바로 옆에 있는 그보다 큰 히코시마彦島의 그늘에 가려 희미하게 보였다.

　"이보게 무사시."

　"미야모토가 아닌가?"

　연배가 있는 무사들이 달려와 무사시의 뒤편에 섰다. 멀리서 누군가가 불렀을 때 무사시는 뒤를 한 번 돌아보고 그들이 오는 것을 알고 있었지만 모두 처음 보는 자들뿐이어서 자신을 부르는 것이라고는 생각하지 않았다.

　"누구신지?"

　무사시가 고개를 갸우뚱하자 연장자인 듯한 노무사가 말했다.

　"잊었나 보군. 하긴 우릴 기억 못하는 것도 무리는 아니지. 나는 우쓰미 마고베에노조内海孫兵衛丞라고 하는데, 우린 자네 고향인 사쿠슈 다케야마竹山 성의 신멘新免 가에서 6인조라고 불리던 자들이네."

　이어서 나머지 사람들이 자신의 이름을 밝혔다.

　"나는 고야마 한타유香山半太夫라고 하네."

"난 이도 가메에몬노조井戸亀右衛門丞."

"나는 후나히키 모쿠에몬노조船曳杢右衛門丞."

"기나미 가가시로木南加賀四郎."

"모두 자네와는 동향 사람들이고 또한 이중에 우쓰미와 고야마 두 노인은 그대의 선친인 신멘 무니사이新免無二斎 님과는 막역한 친구 분이셨네."

"아, 그럼……."

무사시는 친근한 웃음을 지어 보이며 그들에게 다시 인사했다. 그들의 말을 듣고 보니 정말 그들의 말투에는 독특한 고향의 사투리가 섞여 있었다. 게다가 그 사투리는 이내 자신의 소년 시절을 떠올리게 하는 그리운 고향 땅의 향수마저 느끼게 했다.

"인사가 늦어 죄송합니다. 말씀하신 대로 저는 미야모토 마을의 무니사이의 아들로 어릴 때는 다케조武蔵라고 불리던 자입니다. 헌데 어떻게 고향 어르신들께서 이리 함께 이곳에 오셨는지요?"

"자네도 알다시피 세키가하라関ヶ原 전투 이후 주군인 신멘가가 멸망하여 우리들은 낭인 신세가 되어 규슈로 흘러들었네. 이곳 부젠에 와서 한때는 말편자 등을 만들면서 연명하고 있었는데 운이 좋아서인지 호소카와 가의 선군이신 산사이三斎 공의 부름을 받고 지금은 모두 호소카와 가를 섬기고 있네."

"그러시군요. 뜻밖의 장소에서 이렇듯 돌아가신 선친의 친구

분들을 뵙게 될 줄은 몰랐습니다."

"우리도 뜻밖일세. 참으로 반갑네. 자네의 지금 모습을 한 번만이라도 돌아가신 무니사이 님께 보여드리고 싶구먼."

한타유와 가메에몬노조 등은 서로 얼굴을 돌아보더니 다시 무사시를 찬찬히 보고 있다가 말했다.

"참, 용건을 깜빡하고 있었군. 실은 조금 전에 사도 님 댁에 들렀는데 자네가 그곳에 왔다가 금방 돌아갔다는 말을 듣고 그대로 보내서는 안 되겠다 싶어서 급히 뒤를 쫓아온 것이네. 사도 님과도 미리 얘기가 된 것인데, 자네가 고쿠라에 도착하면 꼭 하룻밤 조촐한 자리를 마련해서 함께하기 위해 기다리고 있었네."

모쿠에몬노조가 이렇게 말하자 한타유도 옆에서 거들었다.

"그리고 현관에서 인사만 하고 그대로 돌아가는 법이 어디 있는가? 무니사이의 아드님, 자, 나와 함께 가세."

그는 아버지의 친구라는 신분을 앞세워 불문곡직하고 무사시의 손을 잡아 끌면서 걸음을 옮겼다.

4

무사시는 딱 잘라 거절하지 못하고 억지로 끌려가다시피 걸음을 옮기다 말했다.

"아니, 역시 호의는 감사합니다만 사양하는 게 낫겠습니다."

그러자 그들은 이해하지 못하겠다는 듯 말했다.

"왜 그러나? 모처럼 고향 사람들이 대사를 앞둔 자네를 맞아 자리를 마련했는데……."

"사도 님도 우리와 같은 생각이시네. 자네가 그리 사양하면 사도 님께도 실례일세."

"아니, 대체 무엇 때문에 그러는가?"

그들은 다소 기분이 상한 듯했다. 특히 생전의 아버지와는 막역한 벗이었다던 우쓰미 마고베에노조가 꾸짖듯 말했다.

"이런 법은 어디에도 없네!"

"결코 다른 뜻이 있어서가 아닙니다."

무사시가 공손히 사죄했지만 그들은 사죄만으로 끝낼 일이 아니라는 듯 무엇 때문에 그러는지 이유를 따져 묻자 무사시는 어쩔 수 없이 자신의 생각을 털어놓았다.

"항간에 나도는 소문을 들으니, 물론 믿을 건 못 되지만, 이번 결투로 인해 호소카와 가의 두 노신이신 나가오카 사도 님과 이와마 가쿠베에 님이 대립하게 되었고, 또한 같은 번의 가신들도 대치하고 있다고 합니다. 한쪽은 간류를 내세워 군주의 총애를 얻으려 하고, 나가오카 님은 그를 배척하며 자신의 파벌을 공고히 하려 한다는 이야기를 저잣거리에서 들었습니다."

"흐음……."

"필시 항간에 떠도는 풍설에 지나지 않겠지만, 세상의 소문이란 무서운 법입니다. 저 같은 일개 낭인에게는 아무려나 상관없지만, 번의 정무에 관여하시는 나가오카 님이나 이와마 님은 결코 백성들이 그러한 의심을 품게 해서는 안 된다고 생각합니다."

"흠, 과연 일리 있는 말이군."

그들은 크게 고개를 끄덕이며 말했다.

"하여 자네는 가신의 저택에는 잠간이라도 머무는 것을 꺼리는 겐가?"

무사시는 웃음을 거두고 말했다.

"아닙니다. 그것은 단지 변명에 지나지 않고, 실은 천성적으로 야인野人 기질을 타고나서 마음 편히 있고 싶기 때문입니다."

"자네 마음은 알겠네. 아니 땐 굴뚝에서 어찌 연기가 나겠는가. 우리 생각이 짧았네."

그들은 무사시가 생각이 깊은 사람이라는 것을 느꼈다. 그러나 이대로 헤어지기는 섭섭했는지 그들은 서로 이마를 맞대고 이야기를 나누더니 이윽고 기나미 가가시로가 모두를 대신해서 무사시에게 자신들의 바람을 이야기했다.

"실은 매년 오늘 4월 11일만 되면 우리가 회합을 하곤 했는데, 10년 동안 한 번도 거른 적이 없네. 회합에는 동향의 여섯 명 외에는 참석할 수 없지만, 자네라면 같은 고향, 게다가 선친인 무니사이 님의 친구도 있으니 참석해도 되지 않을까 싶어서 방금 의논을 한 것이네. 성가시겠지만 이 회합에라도 잠시 함께해줄 수는 없겠나? 그 자리에는 가신들의 저택과는 달리 세상의 눈도 없고, 입방아에 오르내릴 일도 없으니 말이네."

그리고 다시 덧붙이기를 방금 자신들은 만약 무사시가 나가오카 가에서 묵으면 회합은 연기할 생각으로 혹시나 싶어서 그곳에 들러 물어본 것이었는데, 어쨌든 무사시가 나가오카 가에서 묵지 않기로 했으니 이왕 이렇게 된 거 자신들의 회합에 함께 가자는 것이었다.

5

이쯤 되니 무사시도 더 이상 거절하기가 어려웠다.

"그렇게까지 말씀하시니……."

무사시가 승낙하자 모두들 몹시 기뻐했다.

"그럼, 서두릅시다."

그들은 바로 무언가를 상의하더니 가가시로를 남겨두고 일단 모두들 집으로 돌아갔다.

"이따 다시 회합 장소에서 만나세."

무사시와 가가시로는 근처 주막 앞에서 해가 지기를 기다렸다가 3리 정도 떨어진 이타쓰 다리의 기슭까지 초저녁 길을 걸어갔다.

그곳은 성시의 외곽에 있는 길이어서 무사들의 집은 물론이고 술집도 없었다. 다리 옆에는 길을 가는 나그네나 마부 들을 상대하는 허름한 선술집과 싸구려 여인숙이 처마 끝까지 자란 풀에 뒤덮여서 등불만 보일 뿐이었다.

'수상한데?'

무사시는 의심스런 마음이 들 수밖에 없었다. 고야마 한타유, 우쓰미 마고베에노조를 비롯해서 연배나 중후함으로 보아서는 모두 번에서 응당한 지위에 있을 법한 무사들인데 어째서 1년에 한 번 모이는 장소를 불편하기 그지없는 이런 촌구석 같은 곳으로 정했단 말인가.

'혹 그런 구실로 무슨 계략을 꾸민 것은 아닐까? 아니 그럴 리가 없어. 그들에게서는 어떤 적의나 살의도 느낄 수 없었어.'

"벌써 모두들 모여 있는 듯하군. 자 이쪽으로."

무사시를 다리 옆에 세워놓고 강가를 살피던 가가시로가 그렇게 말하면서 제방의 샛길을 찾아 먼저 내려갔다.

'아, 장소가 배 안인가?'

무사시는 자신이 지나치게 의심한 것 같아 쓴웃음을 지으며 강가로 내려갔는데 어찌 된 일인지 그곳에는 배 같은 것도 보이지 않았다.

그러나 가가시로를 비롯한 여섯 명의 무사들은 이미 와 있었다.

보니 자리라는 것은 강가에 깔아놓은 두세 장의 멍석이 전부인 듯했다. 그 멍석 위에 고야마와 우쓰미 두 노인을 필두로 이도 가메에몬노조, 후나히키 모쿠에몬노조, 아사카 하치야타安積八弥太 등이 바른 자세로 앉아 있었다.

"이런 누추한 자리에 초대한 것이 결례인 줄은 알지만, 1년에 한 번뿐인 우리들의 모임에 자네가 찾아와준 것도 인연이 아닌가 하네. 자, 그쪽에 편히 앉으시게."

그들은 무사시에게도 멍석 한 장을 권하면서 아까 강가에는 없었던 아사카 하치야타를 소개했다.

"이쪽도 사쿠슈 낭인 중 한 명으로 지금은 호소카와 가의 기마 무사 직을 맡고 있네."

무사시는 도무지 이해할 수 없었다.

'풍류의 취향인가? 아니면 사람들의 눈을 피해서 만나야 하는 회합일까?'

어쨌든 멍석자리에 초대를 받았어도 손님은 손님이기에 무사시는 예의를 갖춰서 앉아 있었는데, 연장자인 우쓰미 마고베에 노조가 그 모습을 보더니 말했다.

"저런, 손님 편히 앉으시게. 그리고 각자 가지고 온 술과 안주거리는 조금 있다 풀기로 하고, 우리가 회합을 가지며 관례적으로 하는 것이 있는데 오래 걸리지 않으니 그것을 끝낼 때까지 잠시 거기서 기다려주게."

이윽고 그들은 옷자락을 젖히고 가부좌를 틀고 앉아서 각자 가지고 온 듯한 한 다발의 짚단을 풀어놓더니 그 짚으로 말편자를 만들기 시작했다.

6

말편자를 만드는 그들의 모습은 모두 무서울 정도로 경건했다. 아무 말도 없이 잠시도 한눈을 팔지 않고 모두가 근엄한 표정이다. 손바닥에 침을 뱉고 짚을 두 손으로 꼬는 모습에서도 뭔가 열의가 느껴졌다.

"……?"

무사시는 이상하게 여겼지만 아무 말 없이 바라보고 있었다.

"다 됐는가?"

이윽고 한 쌍의 말편자를 다 만든 고야마가 모두를 둘러보며 물었다.

"다 만들었습니다."

가가시로가 대답했다.

"나도 다 됐습니다."

아사카 하치야타도 완성한 한 쌍의 말편자를 고야마 앞에 내밀었다. 그렇게 차례차례 여섯 쌍의 말편자가 마침내 완성되었다.

그들은 옷에 묻은 먼지를 털고 옷매무새를 바로잡더니 여섯 쌍의 말편자를 굽이 달린 소반 위에 얹어서 한가운데에 놓았다. 다른 소반에는 준비해온 술잔이 놓이고, 옆에 있는 쟁반에는 술병이 놓였다.

"자, 그럼……."

연장자인 우쓰미 마고베에노조가 제문을 읽듯 엄숙하게 말했다.

"우리들에게는 결코 잊을 수 없는 게이초 5년의 세키가하라 전투 이후 13년이 지났소. 서로 생각지도 않은 목숨을 이어오며 오늘 이 자리에 있을 수 있는 것은 오로지 호소카와 공의 비호 덕분이오. 그 은혜만큼은 자손 대대로 잊어서는 안 될 것이오."

"예……."

모두들 눈을 내리깔고 옷깃을 여미며 우쓰미의 말을 듣고 있었다.

"허나 지금은 멸망하였다고 해도 옛 주군인 신멘 가의 누대에 이르는 은덕도 잊어서는 아니 되오. 또한 우리들이 이곳으로 흘러 들어왔을 때의 비참했던 신세 역시 잊어서는 안 될 것이오. ……이 세 가지를 잊지 않기 위해 매년 회합을 가져왔소. 먼저 올해도 무사히 모두가 이 자리에 모인 것을 서로 축하합시다."

"마고베에노조 님, 말씀하신 대로 저희들은 호소카와 공의 자애와 옛 주군의 은혜, 그리고 지난날의 영락한 신세에서 벗어나 오늘을 있게 해준 천지의 은혜를 한 순간도 잊은 적이 없습니다."

모두 이렇게 말하자 마고베에노조가 감사의 절을 올리자고 했다.

여섯 명은 무릎을 가지런히 하고 양손을 땅에 짚더니 저편 어두운 하늘 아래에 하얗게 우러러보이는 고쿠라 성을 향해 절을 하고 이어서 옛 주군의 땅이자 선조들이 묻혀 있는 사쿠슈를 향해서도 똑같이 절을 올렸다. 그리고 마지막으로 자신들이 만든 말편자를 향해 진심으로 깊이 머리를 조아렸다.

"무사시, 우리는 지금부터 이 강가 위에 있는 이곳의 수호신을 모신 사당으로 참배를 가서 이 말편자를 올릴 것이네. 그것으로 의식은 끝나게 되지. 의식이 끝나면 술도 마시고 이야기도 나누려고 하니 잠시 기다려주게."

한 사람이 말편자를 올린 소반을 들고 앞서 가자 나머지 사람들도 그 뒤를 따라 사당의 경내로 올라갔다. 그들은 말편자를 가도 쪽에 있는 신사의 기둥 문 앞 나무에 매달고 절을 한 뒤 다시 본래의 자리로 돌아왔다.

그리고 술자리가 시작되었는데, 삶은 고구마와 죽순, 된장, 말린 생선과 같이 부근의 농가에서 쉽게 구할 수 있는 음식으로 장만한 소박한 술자리였다. 하지만 호탕한 웃음과 유쾌한 대화로 술자리는 그 어느 자리보다 화기애애했다.

술과 이야기가 어느 정도 오가자 무사시는 그제야 물어보았다.

"이런 화목한 자리에 때마침 함께하게 되어 저도 매우 즐겁습니다. 그런데 아까 말편자를 만들어서 소반에 얹어 절을 하고, 또 고향 땅과 성을 향해 절을 하신 것은 대체 어떻게 된 일인지요?"

"잘 물어보았네. 이상하게 생각하는 것도 당연하겠지."

우쓰미가 기다리고 있었다는 듯 꺼낸 이야기에 따르면 이렇다.

게이초 5년, 세키가하라 전투에서 패한 신멘 가의 무사들은 대부분 규슈로 흘러들었는데, 지금의 여섯 명도 패잔병의 한 무리였다. 본시 농사나 장사는 할 줄 몰랐던 그들은 그렇다고 친지들에게 머리를 숙이고 도와달라거나 도적이 될 수도 없어서 모두 이곳 다리 한편에 허름한 헛간 한 채를 빌려서 말편자를 만들며 살았다.

그렇게 3년 동안 오가는 마부들에게 자신들이 만든 편자를 팔아서 근근이 살아가고 있었는데, 마부들이 그들을 보고 모두 어딘가 보통 사람 같지 않다며 수군거리며 다닌 것이 소문이 되어 당시 영주였던 산사이 공의 귀에까지 들어가게 되었다. 이에 산사이 공이 조사해보니 옛 신멘 가의 가신들로 6인조라고 불리는 무사들이라는 것을 알고 불쌍히 여겨 그들을 거두기로 했다.

교섭하러 온 호소카와 번의 가신은 자신이 군주의 명을 받고 왔는데 녹봉에 대한 말씀은 없었지만 중신들이 협의하여 여섯 사람에게 녹봉으로 1,000석을 내리려 하는데 어떻게 생각하느냐는 말을 남기고 돌아갔다.

세키가하라의 패잔병이라면 이곳에서 그냥 쫓아내는 것만 해도 관대한 처사라고 생각하고 있던 차에 오히려 1,000석이나 되는 녹봉을 내리겠다고 하니 여섯 사람은 산사이 공의 은혜에 감읍할 뿐이었다. 그런데 그 말을 들은 이도 가메에몬노조의 어머니가 이런 말을 하며 반대하고 나섰다.

"산사이 공의 은덕은 눈물이 날 정도로 기쁘네. 한 홉의 급료라도 말편자를 만드는 몸에는 과분하고 또한 거절할 이유가 없을 게야. 허나 자네들은 지금 이렇게 영락하였지만 신멘 이가노카미 님의 신하들로 번의 무사들보다는 훨씬 윗자리에 앉던 사람들이네. 그런데 여섯이 1,000석이라는 녹을 기뻐하며 부름에 응한다는 말을 들으니 말편자를 만들던 것이 더욱 참담해지네. 또 산사이 공의 은덕에 보답하기 위해 신명을 바쳐 봉공할 각오를 해야 할 터인데, 여섯 명이 한갓 구휼미와 같은 1,000석의 녹에 그래서는 안 된단 말이네. 자네들은 출사를 하더라도 내 자식은 보낼 수 없네."

그래서 모두 그 제의를 거절하자 번에서 나온 자는 그 말을 그대로 산사이 공에게 전했고, 산사이 공은 다시 명했다.

"연장자인 우쓰미 마고베에노조에게는 1,000석, 그밖에는 한 사람당 200석씩 주겠다고 다시 전하거라."

그렇게 여섯 명의 출사가 결정되고 마침내 산사이 공을 알현하러 등성하려는데 여섯 명의 초라한 행색을 목격하고 온 사자가 산사이 공에게 분명 등성하는 데 필요한 복장도 가지고 있지 않은 듯하니 얼마라도 미리 주는 것이 좋을 듯하다고 고하자 산사이 공은 껄껄 웃으며 우리가 공연히 그런 말을 꺼내 부끄러움을 느끼게 할 필요는 없으니 그저 잠자코 두고 보자고 했다.

그런데 의외로 말편자를 만들던 여섯 명이 성에 들어왔을 때는 풀을 먹인 옷을 단정하게 차려 입고 모두 자신들에게 어울리는 칼을 차고 있었다.

8

무사시는 마고베에노조의 이야기를 흥미진진하게 듣고 있었다.

"우리 여섯 명은 그렇게 호소카와 가의 가신이 되었네. 그런데 생각해보니 이는 모두 천지신명의 은혜인 듯하더군. 선조와 산사이 공의 은혜는 잊으려야 잊을 수도 없지만, 한때 구차한 목숨을 연명하게 해준 말편자의 은혜도 평생 잊지 말자고, 호소카와 가의 가신이 된 이날을 매년 회합의 날로 정하고 이렇게 지난날을 추억하며 세 가지 은혜를 가슴에 새기면서 비록 초라한 술자리지만 축하를 하고 있는 것이네."

마고베에노조는 그렇게 덧붙이고 무사시에게 잔을 내밀었다.

"우리 얘기만 한 것 같아 미안하네. 비록 변변치 못한 자리지만 우리의 마음만은 알아주게. 그리고 내일모레 결투는 정정당당하게 임해주시게. 자네의 시신은 우리가 수습하겠네. 하하하하."

무사시는 잔을 받아 들고 말했다.

"황송합니다. 기루의 미주美酒도 이에 이르지 못할 것입니다. 그 마음을 닮고 싶을 따름입니다."

"당치도 않은 소리. 우리 같은 자들을 닮았다가는 말편자나 만들고 있어야 할 걸세."

그때 제방 위에서 돌멩이 몇 개가 굴러 떨어졌다. 사람들이 돌아보자 박쥐처럼 몸을 숨기는 자가 있었다.

"누구냐?"

기나미 가가시로가 벌떡 일어나서 제방으로 뛰어 올라갔고, 다른 한 명은 칼을 들고 뒤따라갔다. 제방 위로 올라간 두 사람은 멀리까지 살펴보다 이윽고 크게 웃으면서 아래쪽을 향해 외쳤다.

"간류 쪽 사람들 같네. 이런 곳에 무사시 님을 초대해서 머리를 맞대고 있으니 무슨 계략이라도 꾸미고 있는 줄 알았나 보지. 당황해서 달아나 버렸어."

"하하하, 저쪽에서 그리 의심하는 것도 무리는 아니지."

여기 있는 사람들은 사소한 일에는 구애를 받는 것 같지 않았지만, 무사시는 문득 성시의 분위기가 어떻게 움직이는지 신경이 쓰였다.

'오래 앉아 있지 않는 것이 좋겠어. 동향 분들인 만큼 더 조심하자. 괜히 쓸데없는 폐를 끼칠 수야 없지.'

무사시는 그렇게 생각하고 지금까지의 호의에 깊이 감사를 표하고 자리에서 일어나 언제나 그렇듯 표연히 떠났다.

다음 날.

벌써 12일이다.

나가오카 가에서는 무사시가 당연히 고쿠라 성시에 묵으며 결투에 대비하고 있을 것이라 생각하고 무사들을 보내 그의 숙소를 찾고 있었다.

"왜 붙잡아두지 않은 것이냐?"

하인이고 가신이고 가리지 않고 나가오카 사도에게 꽤나 혼이 난 듯했다. 지난밤 이타쓰 강가에서 무사시와 함께 술을 마신 6인조의 동향 사람들도 사도의 말에 무사시를 찾아다녔지만 행방을 알 수 없었다.

무사시는 11일 밤부터 행방이 묘연했다.

"이거 참, 난처하게 됐군!"

내일로 결투를 앞두고 사도의 흰 눈썹에는 초조함이 역력히

드러났다.

이날, 고지로는 오랜만에 성에 들어가 주군인 다다토시에게 격려의 말과 따라주는 술을 받은 후에 말을 타고 의기양양하게 집으로 돌아왔다. 저녁 무렵, 성시에서는 무사시에 대해 이런저런 풍설이 떠돌고 있었다.

"겁을 집어먹고 도망쳤을 거야."

"도망친 게 분명해."

"아무리 찾아도 모습이 보이지 않아."

동틀 무렵

1

"도망쳤을까?"

"도망친 게 분명해."

"그럴 수도 있지."

종적이 묘연한 무사시를 두고 수많은 추측이 난무하는 가운데 13일 새벽이 밝았다.

나가오카 사도는 잠을 이룰 수 없었다.

설마? 하고 생각했지만 그렇지 않으리라 믿었던 사람이 막상 일이 닥치자 표변하는 경우는 종종 있었다.

"주군의 체면이 걸린 일이건만……."

사도는 할복까지도 생각했다. 무사시를 천거한 사람은 바로 자신이었다. 번의 이름을 걸고 결투를 하기로 한 오늘, 만약 당사자인 무사시가 행방을 감추는 일이라도 일어난다면 자결의 길을 걸을 수밖에 없다. 사도는 진지하게 할복을 생각하면서 맑게 갠 아침 하늘을 올려다보았다.

"내가 실수한 걸까?"

방 청소를 하는 동안 체념과도 같은 혼잣말을 중얼거리며 이오리를 데리고 정원을 거닐고 있었다.

"다녀왔습니다."

어젯밤부터 무사시를 찾아다니던 누나노스케가 지친 얼굴로 옆문에서 나타났다.

"어찌 되었느냐?"

"찾지 못했습니다. 성시의 여인숙에는 무사시 님과 비슷한 사람조차 없었습니다."

"사찰이나 신사도 찾아보았느냐?"

"영지 내의 사찰과 저잣거리의 도장 등, 무사시 님이 갈 만한 곳은 아사카 님을 비롯한 여섯 분께서 나누어 찾아보겠다고 했는데, 아직입니까?"

"아직 돌아오지 않았다."

사도의 미간에는 수심이 가득했다. 정원수 너머로 쪽빛 바다가 보였다. 하얗게 부서지는 파도가 가슴까지 밀려오는 듯했다.

"……."

사도는 매화나무 사이를 말없이 오가고 있었다.

"모르겠어."

"어디에도 보이지 않는군."

"이럴 줄 알았으면 헤어질 때 행선지를 물어볼 걸 그랬어."

밤새 무사시를 찾아 헤매던 가메에몬노조, 하치야타, 가가시로 등이 이윽고 핼쑥해진 얼굴로 돌아왔다.

사람들은 마루에 걸터앉아 이런저런 이야기를 하며 격앙되어 있었다. 시간은 점점 다가오고 있었다.

이날 아침, 사사키 고지로의 집을 먼발치에서 보고 왔다는 기나미 가가시로의 말에 따르면 어젯밤부터 그 집에는 200~300명의 사람들이 모여 대문을 활짝 열어놓은 채 큰 현관에는 용담 문장을 수놓은 막을 치고, 정면에는 금병풍을 쳐놓았다고 한다. 그리고 새벽녘이 되자 문하생들이 성시 세 곳의 신사로 나누어 가서 오늘 있을 결투에서의 필승을 기원하는 등 분주한 모습이었다는 것이다.

그에 비해 사도 쪽 사람들은 비참하고 피곤함이 역력한 모습으로 서로의 얼굴을 바라보고만 있었다. 그젯밤의 여섯 명도 무사시의 고향이 자신들과 같은 사쿠슈라는 이유만으로도 얼굴을 들 수 없을 정도로 참담한 심경이었다.

"그만 됐다. 이제 와서 찾아봐야 너무 늦었다. 다들 그만 물러가라. 허둥대며 조급해하는 꼴이 보기 힘들구나."

사도는 그렇게 말하고 사람들을 모두 물렸다.

"아니, 반드시 찾아내고 말 테야. 설령 오늘이 지나더라도 반드시 찾아내서 베어버리겠어."

가가시로와 아사카 등은 흥분해서 돌아갔다.

사도는 청소가 끝난 방으로 들어가서 향로에 향을 피웠다. 항상 있던 일이긴 하나 누나노스케는 가슴이 철렁했다.

'혹시 각오를 하신 게······.'

그때 여전히 정원 끝에 서서 바다를 바라보고 있던 이오리가 그에게 불쑥 말했다.

"누나노스케 님, 시모노세키下關에 있는 고바야시 다로자에몬 님의 집은 찾아보셨나요?"

2

어른의 상식에는 한계가 있지만 소년의 생각에는 한계가 없다.

이오리의 말에 사도와 누나노스케는 정확히 목표가 지정된 듯한 심경이었다.

"그래, 맞아!"

'아니면······? 아니, 아니야. 무사시가 있을 만한 곳은 거기밖에 없어.'

사도는 인상을 펴며 말했다.

"누나노스케, 미처 생각을 못했구나. 네가 바로 가서 모시고 오너라."

"예, 알겠습니다. 이오리, 참 용하다."

"저도 가겠어요."

"주군, 어떻게 할까요?"

"그래. 같이 다녀오너라. 잠깐만, 서신도 써줄 테니 가지고 가서 전하거라."

사도는 편지를 쓰고 전할 말도 덧붙였다.

"결투 시간은 진시 상각. 상대인 간류는 번의 배로 후나시마에 가기로 되어 있으며, 지금이라면 아직 시간이 충분하니 귀공도 이곳으로 와서 준비를 한 후에 우리 배를 타고 결투 장소로 가는 것이 어떠냐고 전하거라."

사도의 이런 뜻을 가지고 누나노스케와 이오리는 사도의 이름으로 배를 빌려 시모노세키로 갔다. 시모노세키의 해운업자, 고바야시 다로자에몬의 가게는 잘 알고 있었다. 가게 직원에게 물어보자 그는 잘은 모르지만 얼마 전부터 젊은 무사 한 분이 묵고 있는 듯하다고 대답했다.

"아아, 역시 여기 계셨군."

누나노스케와 이오리는 얼굴을 마주 보고 싱긋 웃었다. 처소는 가게 창고와 붙어 있었다. 두 사람은 주인인 다로자에몬을 만나 물어보았다.

"무사시 님께서 이 댁에 머무르고 계시지 않습니까?"

"예, 계십니다."

"그 말을 들으니 마음이 놓입니다. 실은 어젯밤부터 제 주군께서 얼마나 근심하고 계셨는지 모릅니다. 속히 말씀을 전해주시길 바랍니다."

다로자에몬은 안으로 들어갔다가 이내 돌아와서 말했다.

"무사시 님은 방에서 아직 주무시고 계십니다."

"예?"

두 사람은 어이가 없었다.

"지금 주무실 때가 아니니 깨워주십시오. 늘 이렇게 늦게 일어나십니까?"

"아닙니다. 어젯밤엔 저와 함께 밤늦게까지 이런저런 세상 이야기를 나누다가······."

다로자에몬은 하인을 불러서 누나노스케와 이오리를 객실로 안내하게 하고 무사시를 깨우러 갔다.

얼마 후에 무사시가 두 사람이 기다리고 있는 객실에 나타났다. 충분히 숙면을 취한 그의 눈동자는 갓난아기의 눈처럼 맑았다.

무사시는 눈가에 미소를 지으며 자리에 앉아 말했다.

"이처럼 이른 시간에 무슨 일이신지요?"

누나노스케는 맥이 빠졌지만 바로 편지를 내밀며 사도의 취지를 전했다.

"아, 그렇습니까?"

무사시는 편지를 받아서 겉봉을 뜯었다. 이오리는 그런 무사시의 모습을 뚫어지게 바라보고 있었다.

"사도 님의 뜻은 감사할 따름입니다만……."

무사시가 다 읽은 편지를 둘둘 말면서 이오리의 얼굴을 흘끗 보자 이오리는 눈물이 날 것 같아서 황급히 고개를 숙였다.

3

무사시는 답장을 적고 나서 말했다.

"자세한 것은 서신에 적었으니 사도 님께 잘 전달해주시길 바랍니다."

그리고 후나시마에는 시간에 맞춰 가겠으니 너무 걱정하지 않아도 된다고 덧붙였다.

두 사람은 하는 수 없이 답장을 가지고 바로 밖으로 나왔다. 이오리는 돌아갈 때까지 결국 아무 말도 하지 못했다. 무사시도 말한 마디 걸어주지 않았다. 그러나 그 무언 속에 사제의 정과 말 이상의 무언가가 담겨 있었다.

두 사람이 돌아오기를 학수고대하던 사도는 무사시의 답장을 받아 들고는 우선 안도의 한숨을 내쉬었다. 편지에는 다음과 같이 쓰여 있었다.

사도 님의 배로 소생을 후나시마까지 보내주시겠다고 말씀하시니

그저 황송하고 고마울 따름입니다.

그러나 저와 고지로가 이번에 결투를 하는 데 있어 고지로는 군주

의 배편으로 가고 저는 사도 님의 배를 타고 간다면, 사도 님께서

는 군주의 반대편에 서게 되는 것과 같을 것입니다. 그러하니 저

에 대해 마음을 쓰시지 않는 것이 좋을 듯합니다.

직접 만나 뵙고 인사를 올려야 마땅하나 이런 연유로 일부러 아

무 말도 없이 이곳에 머무르게 되었습니다.

···중략···

저는 이곳에 있는 배편으로 시간에 맞춰 가려 하니 너무 심려치

마십시오.

　이상.

　　　　　　　　　　　사 월 십삼 일 미야모토 무사시

　"······."

사도는 말없이 다 읽은 편지를 들여다보고 있었다.

　겸허함과 깊은 배려심, 무엇보다도 세심한 마음씀씀이가 느

껴지는 편지에 감탄하고 있는 듯한 모습이었다.

　사도는 어젯밤부터 초조해하던 자신의 모습이 한심하게 느껴

졌다. 이런 겸허한 마음을 가진 이를 조금이라도 의심했던 자신
이 부끄러워졌다.

"누나노스케."

"예!"

"무사시 님의 이 서신을 가지고 가서 우쓰미 마고베에노조 님
을 비롯해서 다른 분들에게 보여주고 오너라."

"알겠습니다."

누나노스케가 물러가려고 하자 장지문 뒤에 있던 시종이 재
촉했다.

"주인나리, 용무가 끝나셨으면 오늘 입회를 위해 속히 준비하
시는 것이 좋을 듯합니다."

사도는 침착하게 말했다.

"알았다. 허나 아직 시간이 이르구나."

"다소 이르긴 합니다만 오늘 같이 입회하시는 이와마 님께서
는 방금 배를 타고 출발하셨다고 합니다."

"서두를 것 없다. 이오리, 잠깐 이리 오너라."

"예, 무슨 일이십니까?"

"너도 사내일 것이다."

"예, 예?"

"무슨 일이 있어도 울지 않을 자신이 있느냐?"

"자신 있습니다."

"그럼 나와 함께 후나시마로 가자. 허나 어쩌면 네 스승인 무사시 님의 유골을 수습해서 돌아와야 할지도 모른다. 그래도 가겠느냐? 울지 않을 수 있겠느냐?"

"가겠습니다. ……절대로 울지 않겠습니다."

누나노스케는 그들의 말을 등 뒤로 들으며 문밖으로 뛰어가고 있었다. 그런데 담장 뒤편에서 그를 부르는 초라한 행색을 한 여자가 있었다.

4

"무사님, 잠깐만 기다려주세요."

여자는 아이를 업고 있었다. 누나노스케는 마음이 급했지만, 여자의 행색에 의아해하며 물었다.

"무슨 일이오?"

"무례한 행동인 줄 알면서도 이렇게 초라한 행색으로는 안으로 들어갈 수도 없어서……."

"그럼, 여태 문 앞에서 기다리고 있었다는 말이오?"

"예. 저, 무사시 님이 오늘 결투를 피해 어제 도망갔다는 소문을 들었는데 그게 사실인가요?"

"누가 그런 말도 안 되는 소리를 했단 말이오?"

누나노스케는 어젯밤부터 쌓인 울분을 한꺼번에 토해내듯이
소리쳤다.

"무사시 님이 그럴 분이오? 그럴 분이 아니란 걸 진시가 되면
알게 될 터. 난 방금 무사시 님을 직접 뵙고 편지까지 받아온 참
이오."

"예? 만나셨다고요? 어디서 말이죠?"

"그런데 그대는 누구시오?"

"예."

여인은 고개를 숙이며 말했다.

"무사시 님과 아는 사람입니다."

"흐음…… 그럼, 그대 역시 근거도 없는 소문에 걱정하고 있었
나 보군. 내 급한 일이 있지만 무사시 님의 답장을 잠깐 보여줄
테니 걱정하지 마시오. 자, 여기 이렇게……."

누나노스케가 무사시의 답장을 읽어주고 있는데 그의 뒤편으
로 다가와서 눈물이 글썽이는 눈으로 훔쳐보는 사내가 있었다.
누나노스케가 그것을 깨닫고 뒤를 돌아보자 사내는 황망히 인
사를 하며 눈을 돌렸다.

"뉘시오? 댁은."

"예, 저 여인과 일행입니다."

"남편이오?"

"고맙습니다. 무사시 님의 필적을 보니 어쩐지 만난 것이나 다

름없다는 생각이 듭니다. 그렇지, 여보?"

"예, 이제는 안심할 수 있겠어요. 비록 직접 볼 수는 없지만 저희들의 마음이 닿을 수 있도록 멀리서나마 기원을 드리겠습니다."

"아아, 그럼 저기 해안의 언덕에 올라가면 멀리 섬이 보일 것이오. 아니, 오늘은 날이 아주 화창하니 후나시마의 둔치가 어렴풋이 보일지도 모르지."

"바쁘신 걸음 붙잡아서 죄송했습니다. 그럼 살펴 가십시오."

아이를 업은 부부는 성시 외곽의 소나무 산 쪽으로 걸음을 재촉했다. 누나노스케도 서둘러 걸음을 옮기려다 갑자기 그들을 불러 세웠다.

"여보시오, 괜찮다면 그대들의 이름이라도 말해줄 수는 없겠소?"

부부는 뒤를 돌아보더니 다시 공손히 인사를 하며 말했다.

"무사시 님과 같은 사쿠슈 출신인 마타하치라고 합니다."

"저는 아케미라고 합니다."

누나노스케는 고개를 끄덕이고 쏜살같이 달려갔다.

한동안 누나노스케의 뒷모습을 바라보던 두 사람은 서로 눈빛이 마주치자 아무 말도 하지 않고 성시 외곽으로 걸음을 재촉해서 고쿠라와 모지가세키 사이의 소나무 산으로 헐떡이며 뛰어 올라갔다. 정면에 후나시마가 보였고, 다른 몇 개의 섬도 보였다. 이날은 해협 저편으로 나가토 산들의 습곡까지 선명하게 보였다.

두 사람은 손에 들고 있던 거적을 깔고 바다를 향해 나란히 앉았다.

철썩, 철썩, 절벽 아래에선 파도 소리가 들리고 세 사람의 머리 위로 솔잎이 떨어졌다.

아케미는 아기를 앞으로 돌려 안았다. 마타하치는 두 팔로 무릎을 안은 채 아무 말 없이 쪽빛 바다만 바라보고 있었다.

그 사람과 이 사람

1

이날 아침 누나노스케는 주군인 나가오카 사도가 후나시마로 떠나는 시간에 맞추기 위해 서둘렀다.

사도의 분부대로 마고베에노조를 비롯한 여섯 명의 집을 돌아다니며 무사시의 답장과 어떻게 된 일인지 자초지종을 알리고 급히 되돌아가던 중이었다.

"앗, 간류의······?"

그는 걸음을 멈추고 저도 모르게 몸을 숨겼다. 그곳은 부교쇼에서 반 정町(1정은 약 109미터)쯤 앞에 있는 바닷가였다.

이른 아침부터 오늘 결투의 입회나 또 불의의 사태에 대비한 경비와 결투 장소를 준비하기 위해 번의 무사들이 패를 나눠 후나시마로 속속 떠나고 있었다.

지금도 무사 한 명이 새로 건조한 듯한 배 한 척에 올라 기다리고 있었다. 누나노스케는 그것이 번에서 특별히 간류에게 내린 배임을 한눈에 알 수 있었다.

배에 별다른 특징은 없었지만, 그곳에 서 있는 100여 명의 면면들은 모두 평소에 간류와 친하거나 혹은 못 보던 얼굴이었기 때문에 금방 알 수 있었다.

"아아, 저기 오시는군."

"나타나셨어."

사람들은 배의 양쪽에 서서 같은 방향을 돌아다보았다. 누나노스케도 소나무 뒤에서 그쪽을 보았다.

간류는 부교의 휴게소에 타고 온 말을 매어두고 잠시 숨을 돌리는 듯했다. 그는 관인들의 전송을 받으며 함께 온 다쓰노스케 한 명만 데리고 모래사장을 지나 배가 있는 곳으로 걸어왔다.

"……."

사람들은 간류의 모습이 가까워짐에 따라 표정이 엄숙해지면서 저절로 줄을 지으며 길을 열었다. 그들은 이날 간류의 화려한 옷차림에 황홀해져서 자신들도 마치 무사가 된 듯한 착각에 빠졌다.

간류는 하얀 비단 고소데小袖(통소매의 평상복)에 눈에 확 띄는 진홍색의 소매 없는 하오리羽織(일본 옷 위에 입는 짧은 겉옷)를 걸치고 포도색으로 물들인 가죽 닷쓰케裁着(무릎께를 끈으로 묶어 아랫도리를 가든하게 한 치마바지)를 입고 있었다.

신은 물론 짚신이었는데 물에 약간 적신 듯했다. 작은 칼은 평소에 차던 것이었지만, 큰 칼은 관직에 오른 뒤로는 조심하느라 차지 않았던 히젠나가미쓰肥前長光라고도 불리는 애검인 모노호시자오物干竿를 오랜만에 허리에 차고 있었다.

그 칼은 길이가 석 자가 넘는 데다 겉으로 보기에도 날이 예리하게 서 있는 것 같아서 사람들의 시선을 사로잡았다. 그리고 그 이상으로 그 칼과 너무나 잘 어울리는 그의 뛰어난 풍채와 진홍색 하오리, 하얗고 통통한 뺨, 그리고 눈썹 하나 움직이지 않는 침착한 태도의 그 아름다운 모습에 사람들은 무언가 장중한 것을 보고 있는 듯한 표정이었다.

파도 소리와 바람 소리 때문에 누나노스케가 있는 곳에서는 사람들의 목소리와 간류의 목소리가 들리지 않았지만, 간류의 얼굴에선 이제부터 생사를 건 결투에 임하는 사람으로는 보이지 않는 편안한 웃음이 멀리서도 또렷하게 보였다.

그는 웅성거리는 사람들에게 그 웃음을 지어 보이면서 새로 만든 작은 배에 올랐다. 제자인 다쓰노스케도 뒤를 이어 배에 올랐다.

두 명의 무사가 배에 오르더니 한 명은 뱃머리에 걸터앉았고, 다른 한 명은 노를 잡았다. 그리고 또 다른 동행이 있었는데, 그것은 다쓰노스케의 주먹에 앉아 있는 매, 천궁이었다.

이윽고 배가 육지를 출발하자 일제히 함성을 지르는 사람들의 목소리에 놀랐는지 천궁이 푸드득 하고 크게 한 번 날갯짓을 했다.

2

바닷가에 서서 전송하는 사람들은 자리를 떠날 줄 몰랐다. 그들에게 답하기 위해 간류도 배 안에서 뒤를 돌아다보았다. 노를 젓는 자도 딱히 서두르는 기색 없이 크고 완만하게 물살을 가르고 있었다.

"시간이 다 되었군. 주군께 속히……."

누나노스케가 정신을 차리고 소나무 뒤편에서 급히 돌아가려다가 문득 자기가 있던 소나무에서 예닐곱 그루 정도 떨어진 소나무에 몸을 바싹 붙이고 혼자 울고 있는 한 여인을 발견했다.

그녀는 푸른 바다 저편으로 점점 작아져가는 배를, 아니 간류의 모습을 바라보며 흐느끼고 있었다. 간류가 고쿠라에 오고 나서 짧은 기간 동안 간류의 곁에서 시중을 든 오미쓰였다.

"……."

누나노스케는 눈을 돌렸다. 그리고 그녀가 놀라지 않도록 발소리를 죽이며 바닷가에서 마을길로 걸어갔다.

"누구에게나 빛과 그늘은 있다. 화려한 모습 뒤에는 근심으로

180

미야모토 무사시 10

아파하는 사람이 있는 법."

그는 이렇게 중얼거리며 사람들의 눈을 피해 슬퍼하고 있는 한 여인과 이미 바다 저편으로 멀어진 간류의 배를 다시 한 번 돌아다보았다.

바닷가에 있던 사람들은 삼삼오오 흩어졌다. 저마다 간류의 침착한 태도를 칭찬하고, 오늘 결투의 필승을 기대하면서…….

"다쓰노스케."

"예."

"천궁을 이리……."

간류가 왼 주먹을 내밀자 다쓰노스케는 자신의 주먹 위에 앉아 있던 매를 간류의 손에 넘겨주고 조금 뒤로 물러났다.

배는 후나시마와 고쿠라의 사이를 지나고 있었다. 해협의 조류가 드디어 빨라졌다. 하늘도 물도 청명한 날이었지만, 파도는 꽤 높았다. 물보라가 뱃전을 넘어올 때마다 매는 흥분한 듯 깃털을 곤두세웠다. 오늘 아침에는 기르는 매조차 전의에 불타고 있는 듯했다.

"성으로 돌아가거라."

간류는 매의 족쇄를 풀고 하늘로 놓아주었다. 매는 평소 사냥을 하던 때와 같이 하늘로 날아오르더니 하얀 깃털을 날리며 물새를 향해 달려들었다. 하지만 주인이 다시 부르지 않자 섬들을 지나 성이 있는 하늘을 향해 날아가 버렸다.

간류는 매의 행방을 좇지 않았다. 그는 매를 놓아준 후 몸에 지니고 있는 부적과 편지, 또 이와쿠니의 숙모가 정성스레 지은 범梵 자를 수놓은 속옷까지, 본래 자신의 것이 아니었던 것들은 모두 바다에 흘려보냈다.

"마음이 홀가분하군."

간류가 중얼거렸다.

지금 이 순간, 절대적인 것을 향해 가는 그의 마음에 사람들을 떠올리게 하는 정이나 인연은 모두 마음을 흐트러지게 할 뿐이라고 생각했다. 자신이 이기길 기원하는 많은 사람들의 호의도 무거운 짐이었다. 부적조차 방해가 된다고 생각했다.

인간. 알몸뚱이의 자신.

지금은 그 하나밖에 믿을 것이 없다는 사실을 깨닫고 있었다.

"……."

바닷바람이 얼굴에 불어왔다. 후나시마의 소나무와 잡목 들이 그의 눈앞으로 점점 다가오고 있었다.

3

한편, 건너편 아카마가세키에 있는 무사시 쪽에서도 같은 준비로 여념이 없었다. 이른 아침, 나가오카 가의 누나노스케와 이오리가 무사시의 답장을 가지고 돌아간 뒤 해운업자 고바야시 다로자에몬이 창고 골목에 있는 가게에 모습을 나타냈다.

"사스케佐助, 사스케는 게 없느냐?"

종업원들 중에 일머리가 좋은 사스케는 집안의 중요한 일을 도맡아서 했고, 틈틈이 가게 일도 돕는 젊은이였다.

"안녕히 주무셨습니까?"

주인의 모습을 보고 계산대에서 달려온 지배인이 먼저 인사를 했다.

"사스케를 찾으셨습니까? 방금 전까지도 분명히 이 근처에 있었는데……."

지배인이 다른 젊은이에게 소리쳤다.

"주인님이 사스케를 찾으시니 어서 찾아오너라."

그리고 지배인이 화물 운송과 배편을 배정하는 일에 대해 주인에게 보고하려고 하자 다로자에몬이 고개를 저으며 가게 일과는 전혀 상관없는 일을 물었다.

"그건 나중에 얘기하고. 가게에 무사시 님을 찾아온 사람은 없었느냐?"

"예, 아침에 안쪽에 계신 손님을 찾아오신 분이 있었습니다만."

"나가오카 님 댁에서 온 분들 말인가?"

"예, 그렇습니다."

"다른 사람은?"

"글쎄요…….."

지배인은 자기 뺨을 만지며 잠시 생각하는 듯하더니 말했다.

"제가 직접 본 건 아니지만, 어젯밤 가게 문을 닫은 뒤 초라한 행색에 눈빛이 날카로운 나그네가 떡갈나무 지팡이를 짚고 불쑥 들어와서는 '무사시 스승님을 뵙고 싶소. 스승님께서 배에서 내린 뒤 이곳에 머무르신다고 들었소이다.'라며 한동안 돌아가지 않았다 합니다."

"누가 나불댄 것이냐? 내가 그토록 무사시 님에 대해서는 함구하라고 했거늘."

"아무래도 젊은 것들이 오늘 결투를 두고 자랑하듯 떠들고 다닌 듯해서 저도 이미 호되게 야단을 쳤습니다."

"허면 어젯밤의 떡갈나무 지팡이를 짚은 나그네란 사람은 어떻게 됐느냐?"

"소베에總兵衛 님이 나서서 아마 잘못 들으신 것 같다고, 무사시 님은 이곳에 오시지 않았다고 말해서 겨우 돌려보냈는데 대문 밖에서 여자 두세 명이 더 서성거리고 있었다고 합니다."

그때 부둣가의 다리 쪽에서 사스케가 나타났다.

"나리, 무슨 일이신지요?"

"아아, 사스케구나. 다름이 아니라 오늘 네게 중요한 임무를 맡겨놓았는데, 확인할 필요도 없지만 혹시 몰라서…….."

"예, 명심하고 있습니다. 이번 일은 뱃사람에게 일생일대의 중요한 일이라 생각하고 새벽부터 일어나 목욕재계하고 새 무명을 허리에 감고 기다리고 있었습니다."

"어젯밤에도 말해두었지만 배편도 준비가 되었겠지?"

"준비하고 자시고 할 것도 없이 많은 배들 중에서 제일 빠르고 깨끗한 걸 골라 소금을 뿌리고 배의 밑바닥까지 깨끗이 닦아놓았으니 무사시 님께서 준비가 끝나시면 언제든 모시고 갈 수 있습니다."

4

다로자에몬이 다시 물었다.

"배는 어디에 매어두었느냐?"

사스케가 평소대로 부둣가 기슭이라고 대답하자 다로자에몬이 잠시 생각하더니 말했다.

"그곳은 출발할 때 사람들의 눈에 띌 것이다. 무사시 님은 사람들 눈에 띄지 않기를 바라시니 얼른 다른 곳에 대는 것이 좋겠다."

"알겠습니다. 그럼 어디에 대는 것이 좋겠습니까?"

"집 뒤편에서 동쪽으로 2정쯤 떨어진 곳에 소나무가 있는 바

185

엔메이의 검 下

닷가 기슭이 있는데 그곳이라면 오가는 사람도 드물고 사람들 눈에도 그리 띄지 않을 게다."

다로자에몬은 그렇게 말하는 동안에도 어쩐지 안절부절못하는 모습이었다.

가게도 평소와 달리 오늘은 아주 한가했다. 자시子時가 지날 때까지 해협을 오가는 배편이 금지되어 있는 탓도 있었고, 또 건너편의 모지가세키나 고쿠라와 함께 나가토 일대에서도 모든 사람들의 관심이 오늘 후나시마에서 있을 결투에 쏠려 있기 때문일 것이다.

그런 생각을 하며 거리를 바라보니 어디를 향해 가는지 사람들이 넘쳐나고 있었다. 근처 번의 무사인 듯한 사람들부터 낭인, 유학자, 대장장이, 투구를 만드는 사람들도 보였고, 승려에서 잡다한 장사치와 농부 들까지 같은 곳을 향해 물이 흘러가듯 걸어가고 있었다. 그들과 섞여 장옷과 삿갓을 쓴 여자들의 모습도 보였다.

"빨리 와."

"울면 버리고 간다."

어부의 아낙네들이 어린아이를 등에 업거나 손목을 끌고 무슨 급한 일이라도 있는 듯 야단스레 지나가기도 했다.

"이래서야 어디……."

다로자에몬은 무사시의 마음을 헤아릴 수 있을 것 같았다. 잘

난 척하는 사람들의 훼예포폄毁譽褒貶(남을 비방하고 칭찬하고 격려하고 표창하고 핍박하고 짓밟는다는 뜻)조차 귀에 거슬릴 지경인데 이 많은 사람들이 남이 죽고 사느냐, 이기고 지느냐를 단순한 흥밋거리로 구경하려고 먼지를 일으키며 몰려가고 있었다.

게다가 결투 시간까지는 아직 몇 시간이나 남아 있었고, 배가 금지되어 바다로는 나가지 못하고 산과 언덕에 오르더라도 육지에서 멀리 떨어져 있는 터라 후나시마가 보일 리 없는데도 말이다.

그래도 사람들은 몰려가고 있었다. 그리고 남이 가자 집에서 가만히 있을 수 없는 사람들도 별다른 이유 없이 그들의 뒤를 따라가는 것이었다.

다로자에몬은 거리로 나가 잠시 그런 분위기에 젖어 있다가 이윽고 집으로 돌아왔다.

그의 방과 무사시가 머물던 방은 벌써 깨끗하게 치워져 있었다. 문을 활짝 열어놓은 바닷가를 향해 난 객실 천장의 나뭇결에 물결이 소용돌이치며 일렁이고 있었다. 바로 뒤가 바다였다.

파도에 반사된 아침햇살이 빛의 반점이 되어 벽과 장지문에도 둥둥 떠다니고 있었다.

"이제 오십니까?"

"아, 오쓰루お鶴구나."

"어디 가셨나 하고 여기저기 찾아다니고 있었습니다."

"가게에 있었단다."

다로자에몬은 오쓰루가 따라준 차를 받아 들고 조용히 바다를 바라보고 있었다.

"……."

오쓰루도 말없이 바다를 보고 있었다.

다로자에몬이 눈에 넣어도 아프지 않을 만큼 애지중지하는 외동딸인 오쓰루는 얼마 전까지 센슈 사카이 항구의 가게에 있었는데, 무사시가 올 때 같은 배로 아버지 곁으로 돌아왔다. 무사시가 이오리의 소식을 빨리 알 수 있었던 것은 전에 이오리를 돌봐준 일이 있는 오쓰루에게서 배를 타고 올 때 무슨 이야기를 들었기 때문이리라.

5

또 이렇게 상상할 수도 있었다.

무사시가 이곳 다로자에몬의 집에 몸을 의탁한 것도 이오리가 신세를 진 것에 대해 인사하기 위해 배에서 내려 다로자에몬의 집에 들렀다가 그와 친해졌기 때문이 아닐까 하고.

뭐 어찌 됐든 무사시가 머무는 동안 오쓰루는 아버지의 지시로 무사시의 시중을 들었다. 사실 어젯밤에도 무사시가 아버지와 밤늦게까지 이야기를 나누는 동안 그녀는 다른 방에서 바느

질에 여념이 없었는데, 그것은 무사시가 결투 당일에는 아무것도 준비할 필요가 없지만 무명으로 지은 속옷과 허리에 두르는 띠가 있었으면 좋겠다고 언젠가 말한 적이 있어서 속옷뿐만 아니라 검은 비단의 고소데와 허리띠도 새로 지어서 오늘 아침에 시침실만 뽑으면 되도록 모두 준비해두기 위해서였다.

혹시…….

정말 가정에 불과한 다로자에몬의 아버지로서의 마음이었지만, 다로자에몬은 딸을 보며 문득 이런 쓸데없는 걱정이 들었다.

'오쓰루가 혹 저 사람에게 연정을 품고 있는 것은 아닐까? 만일 그렇다면 오늘 저 아이의 마음이 어떨까?'

아니, 쓸데없는 걱정이 아닐지도 모른다. 오늘 아침, 오쓰루의 얼굴에는 어딘지 모르게 그런 마음이 엿보이기도 했다.

지금도 오쓰루는 아버지에게 차를 따라주고 아버지가 묵묵히 바다를 보고 있자 그녀도 수심에 잠겨 푸른 바다를 응시하고 있었는데, 그 눈동자에 바다가 고인 것처럼 눈물이 고여 있었다.

"오쓰루……."

"예…….."

"무사시 님은 어디 계시느냐? 아침은 드렸고?"

"벌써 다 드시고 저쪽 방에서 문을 닫고…….."

"준비를 하고 계시느냐?"

"아니요, 아직…….."

"그럼, 뭘 하고 계시느냐?"

"그림을 그리고 계시는 것 같습니다."

"그림을?"

"예."

"아, 그렇군. 내가 괜한 떼를 썼나 보구나. 언젠가 그림 이야기가 나왔을 때, 훗날 추억을 삼기 위해서라도 한 폭 그려달라고 무심결에 청했더니……."

"오늘 후나시마까지 모시고 갈 사스케에게도 유품으로 그려주겠다고 하셨어요."

"사스케에게도?"

다로자에몬은 중얼거리며 갑자기 초조함에 사로잡혔다.

"이러는 동안에도 시간은 점점 다가오고, 보이지도 않는 후나시마에서의 결투를 보려고 수많은 사람들이 법석을 떨며 저리거리를 가득 메운 채 몰려가는데……."

"무사시 님은 마치 모든 것을 다 잊은 듯한 표정이셨어요."

"그림이나 그리고 있을 때가 아니다. 오쓰루야, 네가 가서 그림은 그만 그리시라고 말씀드리고 오너라."

"하지만 제가 어떻게."

"말하지 못하겠느냐?"

다로자에몬은 그때 오쓰루의 마음을 확실히 알았다. 아버지와 딸이라는 하나의 핏줄로 이어진 관계다. 딸의 슬픔과 아픔이

다로자에몬에게 고스란히 전해졌다.

하지만 다로자에몬은 태연한 얼굴로 오히려 꾸짖듯 말했다.

"바보같이 왜 그리 울상이냐?"

그리고 직접 무사시가 있는 방으로 걸어갔다.

6

방에서는 문이 닫힌 채 아무 소리도 들리지 않았다. 무사시는 붓과 벼루 등을 놓고 숙연히 앉아 있었다.

이미 한 장의 화선지에는 버드나무와 백로가 그려져 있었지만, 앞에 놓여 있는 종이에는 아직 한 획도 붓을 치지 않았다.

무사시는 하얀 종이를 앞에 놓고 무엇을 그릴지 생각하고 있는 듯했다. 아니, 화상畵想을 떠올리려는 생각이나 기교에 앞서 화심畵心 자체가 되고자 하는 자신을 조용히 가다듬고 있는 모습이었다.

흰 종이는 무無의 천지로 볼 수 있다. 한 획의 붓을 치는 것은 무에서 유를 창조하는 것이다. 비를 부르는 것도, 바람을 일으키는 것도 자유자재다. 그리고 그곳에 붓을 잡은 사람의 마음이 영원히 그림으로 남는다. 마음에 부정함이 있으면 부정함이, 게으름이 있으면 게으름이, 명예욕이 있으면 명예욕의 흔적이 감출

길 없이 남고 만다.

사람의 육신은 사라져도 먹은 사라지지 않는다. 종이에 남은 마음의 형상은 언제까지 숨을 쉴지 가늠하기 어렵다.

무사시는 문득 이런 생각이 들었지만 그런 생각도 화심을 방해하는 것이었다. 자신도 백지처럼 무의 경지가 되려고 했다. 붓을 든 손이 자신도 아니며 남도 아닌 다만 마음이 마음 그대로 하얀 천지에서 움직이기를 기다리고 있는 듯한 기분.

"……."

그 모습은 좁은 방 안을 숙연하게 만들었다. 이곳에선 거리의 소음도 들리지 않았고, 오늘의 결투도 남의 일 같았다. 그저 안뜰의 대나무만이 이따금 가볍게 흔들릴 뿐이었다.

"저……."

무사시의 등 뒤에 있는 문이 소리도 없이 어느새 조금 열려 있었다. 다로자에몬이었다. 방 안을 몰래 살피던 그는 너무나 조용한 무사시의 모습에 말을 거는 것조차 조심스러웠다.

"무사시 님, 모처럼 즐거운 시간을 보내시는 데 방해를 해서 죄송합니다만……."

다로자에몬의 눈에도 무사시가 그러고 있는 모습이 그림을 즐기고 있는 모습으로 보였던 것이다.

"예. 들어오시지 않고 어찌 문턱에서 그리 머뭇거리고 계시는지요?"

"아닙니다. 지금 그러고 계실 때가 아닙니다. 시간이 다 되어 갑니다."

"알고 있습니다."

"속옷과 가이시懷紙(접어서 품에 지니고 다니는 종이), 수건 등을 옆방에 준비해놓았으니 언제든……."

"고맙습니다."

"그리고 저희에게 주실 그림을 그리시는 것이라면 부디 그만두시길 바랍니다. 후나시마에서 돌아와서 천천히 그리셔도 될 것을."

"마음 쓰지 마십시오. 오늘 아침에는 어쩐지 기분이 너무 상쾌해서 이런 때가 아니면……."

"그래도 시간이."

"알고 있습니다."

"그럼, 준비를 하실 때 불러 주십시오. 옆방에서 대기하고 있겠습니다."

"송구합니다."

"별말씀을 다 하십니다."

오히려 방해가 되는 것 같아 다로자에몬이 물러가려고 하자 무사시가 그를 불러 세우더니 이렇게 물었다.

"요즘 썰물과 밀물 시간은 어떻게 되는지요? 오늘 아침은 썰물인가요, 밀물인가요?"

7

다로자에몬에게 썰물과 밀물 시간은 장사와 직접적인 관계가 있는 문제라 질문을 받자마자 즉각 대답했다.

"네, 요즘엔 새벽 묘시에서 진시 사이가 썰물 때니 이제 곧 바닷물이 들어올 시간입니다."

"그렇습니까?"

무사시는 고개를 끄덕이며 중얼거리더니 다시 하얀 종이만 말없이 바라본다.

다로자에몬은 살며시 장지문을 닫고 먼저 있던 방으로 물러갔다. 하지만 걱정되는 것은 어쩔 수가 없었다. 그는 마음을 진정시키려고 잠시 자리에 앉아보았지만, 시간이 자꾸 신경 쓰여서 가만히 앉아 있을 수가 없었다.

결국 그는 일어서서 바다로 나 있는 객실 마루로 나가 보았다. 해협의 바다가 거칠게 출렁이고 있었다. 객실 아래쪽 개펄에도 바닷물이 슬금슬금 들어오고 있었다.

"아버님."

"오쓰루구나. 뭘 하고 있었느냐?"

"곧 떠나시는 줄 알고 무사시 님의 짚신을 마당 어귀에 갖다 놓고 왔습니다."

"아직 멀었다."

"어찌 된 일이죠?"

"아직 그림을 그리고 계신다. 저리 늑장을 부려도 괜찮을지 모르겠다."

"아버님께서 만류하러 가신 거 아닌가요?"

"그랬지. 하지만 그 방에 가서 보니 이상하게 말리는 것도 미안한 생각이 들더구나."

그때 다로자에몬을 부르는 소리가 집 밖에서 들렸다.

"다로자에몬 님, 다로자에몬 님!"

마당 앞 개펄에 호소카와 번의 배 한 척이 들어와 있었다. 그 배 위에 서 있는 무사가 부르는 소리였다.

"아, 누나노스케 님이시군요."

누나노스케는 배에서 내리지 않았다. 툇마루의 다로자에몬을 보고 다행이라는 듯 배 위에서 올려다보면서 물었다.

"무사시 님은 벌써 떠나셨습니까?"

다로자에몬이 아직 떠나지 않았다고 대답하자 누나노스케는 빠른 어조로 말했다.

"그럼, 한시라도 빨리 준비하고 나오시라고 전해주십시오. 사사키 간류 님은 영주의 배를 타고 벌써 섬으로 갔고, 나가오카 사도 님도 방금 고쿠라를 떠나셨습니다."

"알겠습니다."

"노파심에서라도 부디 늦지 마시라고 한마디 해주십시오."

누나노스케는 그렇게 말하고 서둘러 뱃머리를 돌려 떠났다.

하지만 다로자에몬과 오쓰루는 정적에 싸인 방을 한 번 돌아다봤을 뿐 잠깐의 시간을 영원처럼 느끼며 툇마루 끝에 나란히 서서 기다리고 있을 수밖에 없었다.

그러나 무사시가 있는 방의 문은 좀처럼 열리지 않았다. 기척조차 없었다.

두 번째 배가 다시 뒤편 개펄에 도착하더니 무사 한 명이 뛰어올라왔다. 이번 무사는 나가오카 가의 무사가 아니라 후나시마에서 바로 온 번의 무사였다.

8

오쓰루가 장지문을 여는 소리에 무사시는 눈을 떴다. 배가 두 번이나 와서 재촉했다고 알려주자 무사시는 빙긋 웃으며 고개를 끄덕였다.

"그렇습니까?"

무사시는 말없이 어딘가로 나갔다. 손을 씻는 곳에서 물소리가 났다. 한숨 자고 난 얼굴을 씻고, 머리라도 만지고 있는 모양이다.

오쓰루는 그동안 무사시가 있던 방을 살펴보았다. 방금 전까지 흰색이었던 종이에는 먹이 잔뜩 묻어 있었다. 얼핏 구름같이 보였지만 자세히 보니 파묵破墨 기법(수묵화의 기본적 화법의 한 가지. 먹의 바람으로 물체의 입체감을 표현하는 기법)으로 그린 산수화였다. 그림은 아직 젖어 있었다.

"오쓰루 님."

옆방에서 무사시가 불렀다.

"그 그림은 아버님께 드리십시오. 그리고 다른 그림은 오늘 함께 가는 사스케에게 나중에 전해주십시오."

"고맙습니다."

"뜻하지 않은 신세를 졌는데 아무런 답례도 하지 못합니다. 그림은 제 유품 대신……."

"부디 오늘 밤에도 어젯밤과 같이 아버님과 함께 같은 등잔불 아래에서 이야기를 나눌 수 있기를……."

오쓰루가 소원을 빌 듯 말했다.

옆방에서 옷을 갈아입는 소리가 들렸다. 무사시가 드디어 출발할 채비를 하고 있는 모양이다. 그리고 장지문 너머에서 잠시 아무 소리도 들리지 않는가 싶더니 어느새 갔는지 저편 객실에서 다로자에몬과 몇 마디 이야기를 주고받는 무사시의 목소리가 들렸다.

오쓰루는 무사시가 채비를 하던 방으로 들어가서 그가 벗어놓은 고소데를 가지런히 개서 한쪽 구석에 있는 옷상자 위에 올려놓았다.

뭐라 형언할 수 없는 쓸쓸함이 그녀의 가슴에 밀려왔다. 오쓰루는 아직 무사시의 체온이 남아 있는 고소데 위에 얼굴을 묻었다.

"오쓰루."

다로자에몬이 그녀를 불렀다. 오쓰루는 대답하기 전에 눈가와 뺨을 몰래 훔쳤다.

"오쓰루, 지금 떠나시는데 뭘 하고 있는 게냐?"

"예."

오쓰루는 정신없이 뛰어나갔다. 무사시는 벌써 짚신을 신고 마당의 문 앞에 서 있었다. 그는 사람들의 눈에 띄는 것을 피하고 있었다. 그곳에서 바닷가를 따라 조금만 걸어가면 사스케가 작은 배를 대어놓고 아까부터 기다리고 있을 것이었다.

가게와 안채에서 다로자에몬과 함께 네댓 명이 나와 문 앞까지 배웅을 했다. 오쓰루는 아무 말도 할 수 없었다. 무사시가 자신의 눈을 바라본 순간 그저 말없이 다른 사람들과 함께 고개만 숙였을 뿐이다.

"안녕히 계십시오."

마지막으로 무사시가 말했다. 고개를 숙인 채 아무도 고개를 들지 않았다. 무사시는 울타리 밖으로 나가 조용히 사립문을 닫고 다시 한 번 말했다.

"그럼 건강하십시오."

사람들이 고개를 들었을 때 무사시는 이미 바람 속을 걸어가고 있었다.

다로자에몬을 비롯해서 남은 사람들은 혹시라도 뒤를 돌아볼까 싶어 툇마루와 담장 너머에서 지켜보고 있었지만 무사시는 끝내 돌아보지 않았다.

"무사란 저래야 되는 것일까? 정말 아무런 미련도 없는 모습이네."

누군가 중얼거렸다.

오쓰루는 바로 그곳을 떠났는지 보이지 않았다. 다로자에몬도 오쓰루가 보이지 않자 안으로 들어갔다.

다로자에몬의 집 뒤편에서 바닷가를 따라 1정 정도 가면 커다란 소나무가 한 그루 있다. 이 일대에서는 헤이케平家 소나무라고 불리는 소나무다.

사스케는 아침 일찍부터 그곳에 작은 배를 대어놓고 기다리고 있었다. 무사시가 막 그 근처에 이르렀을 때였다.

"스승님!"

"무사시 님!"

누군가 그렇게 소리를 지르며 허겁지겁 달려오고 있었다.

한 걸음.

한계를 넘어온 무사시는 오늘 아침 머릿속에 아무 생각도 들지 않았다.

얼마간의 생각은 모두 새까만 먹에 담아서 백지 위에 한 폭의 수묵화로 토해버린 듯한 느낌이었다. 그 그림도 오늘 아침에는 기분 좋게 그렸다고 생각한다.

그리고 후나시마로 가기 위해 문을 나섰다.

일렁이는 물결에 몸을 맡기고 바다를 건너려는 기분은 여느 여행길과 다를 것이 없었다. 오늘 그곳으로 건너가면 다시 뭍으로 돌아올 수 있을지 없을지, 또 지금 걷고 있는 이 길이 죽음을 향해 가는 길인지 아니면 긴 이번 생애의 일부 여정에 불과한지, 그런 생각조차 하지 않았다.

옛날, 이치조 사 사가리마쓰의 사지를 향해 칼 한 자루를 품고 임했을 때와 같이 온몸의 털이 곤두서는 듯한 비장함이나 감상도 없었다.

그렇다면 그때의 100여 명에 달하는 적과 오늘 맞서게 될 단 한 명의 상대 중 어느 쪽이 더 강할까? 그것은 두 말할 나위 없이 오합지졸이었던 100여 명보다 단 한 명인 사사키 고지로가 단연 강하고 무서운 상대였다. 무사시의 생애에서 다시없을 큰 위기임이 분명했다. 인생 최대의 난적임이 분명했다.

그런데 지금, 자신을 기다리고 있는 사스케의 작은 배를 보고 아무 생각 없이 서두르던 발밑에 자신을 스승님이라고 부르고, 또 무사시 님이라고 부르며 엎드린 두 사람을 보자 그의 평정심도 순간 흔들렸다.

"곤노스케가 아닌가. 어? 할머님도 오셨군요. ……대체 어떻게 여길?"

의아하게 여기며 그렇게 묻는 무사시 앞에 무소 곤노스케와 오스기는 모래 속에 파묻히듯이 주저앉아 두 손을 땅에 짚고 있었다.

"오늘 결투가 일생일대의 대사라 생각해서……."

곤노스케가 그렇게 말하자 오스기도 말했다.

"전송하러 왔네. ……그리고 또 내가 오늘날까지 자네에게 저지른 잘못을 사죄하러 왔어."

"할머님이 제게 사죄를 하시다니요?"

"용서해주게. 그동안 내가 오해했었네."

"예?"

무사시는 믿을 수 없는지 오스기의 얼굴을 뚫어지게 바라보며 물었다.

"할머님, 대체 무슨 마음으로 갑자기 저에게 그런 말씀을 하시는 거죠?"

"할 말이 없네."

오스기는 가슴에 두 손을 모으고 지금의 자신의 심정을 표현하려고 했다.

"지난 일들을 일일이 말하자면 어찌 말로 다 할 수 있겠나. 허나 모든 것을 물과 함께 흘려보내고 날 용서해주게. 모두 자식 때문에 눈이 어두웠던 내 잘못이었네."

"……."

그 모습을 물끄러미 바라보던 무사시가 갑자기 무릎을 꿇더니 오스기의 손을 잡고 엎드렸다. 무사시는 가슴이 먹먹해지며 눈물이 날 것 같아서 한동안 고개를 들지 못했다. 오스기의 손도 부들부들 떨렸고, 무사시의 손도 살짝 떨리고 있었다.

"아, 제게 오늘이 얼마나 기쁜 날인지 모르겠습니다. 그 말씀을 들으니 당장 죽어도 여한이 없을 것 같습니다. 할머님의 말씀을 믿겠습니다. 그리고 오늘 결투는 한결 가벼운 마음으로 임할 수 있을 듯합니다."

"그럼 용서해주는 건가?"

"그렇게 말씀하시면 저야말로 할머님께 옛날 일에 대해 몇 번이고 용서를 빌어야 할 겁니다."

"정말 고맙네, 고마워. 아, 이제 나도 마음이 한결 가벼워졌네. 그런데 한 사람 더 자네가 꼭 구해주어야만 하는 불쌍한 사람이 있네."

오스기는 그렇게 말하더니 무사시의 시선을 잡아 끌듯이 뒤를 돌아다보았다. 그녀의 시선을 따라가 보니 저편 소나무 그늘에 이슬을 머금은 풀처럼 한없이 가련해 보이는 여인이 아까부터 얼굴도 들지 못하고 쭈그려 앉아 있었다.

10

　오쓰였다. 오쓰가 여기에 와 있었다. 마침내 여기까지 오고야 말았다는 모습이었다.

　손에는 삿갓과 지팡이를 들고 병색이 완연한 몸으로……

　그녀는 여전히 활활 타오르는 불꽃을 품고 있었다. 그러나 그렇게 격렬하게 타오르는 불꽃을 안고 있는 것은 놀라울 정도로 야윈 그녀의 육신이었다. 무사시는 그녀를 본 순간 제일 먼저 그것을 느꼈다.

　"아, 오쓰……"

　무사시는 꼼짝도 하지 않고 그녀 앞에 서 있었다. 여기까지 어떻게 걸어왔는지조차 알 수 없었다. 곤노스케와 오스기는 일부러 가까이 오지 않았다. 차라리 어디론가 사라져서 이 바닷가에 두 사람만 있게 하고 싶은 심정이었다.

　"오쓰……"

무사시는 신음하듯 그 말밖에 할 수 없었다. 지나간 세월의 공간을 단순한 말로 잇기에는 너무나 많은 한이 쌓여 있었다. 게다가 무언가를 묻기에도 어떤 말을 하기에도 지금은 시간의 여유가 너무 없었다.

"몸이 안 좋아 보이는데…… 어때?"

드디어 말했다. 앞뒤 맥락도 없는 생뚱맞은 말이었다. 장편 서사시에서 한 구절만을 뽑아내 읊조리듯이…….

"예……."

오쓰는 감정이 복받쳐 올라 무사시의 얼굴로 눈길조차 들 수 없었다. 하지만 살아서 다시 만날지 죽어서 영영 못 보게 될지 모르는 소중한 이 순간을 감정에 휩쓸려 헛되이 보내서는 안 된다고 스스로 경계하듯 오쓰는 애써 침착함을 유지하고 있었다.

"감기가 든 거야? 그렇지 않으면 긴 병을 앓고 있는 거야? 어디가 안 좋아? 그리고 요즘엔 어디서 지내고 있어?"

"싯포 사에 있습니다. 작년 가을부터."

"고향에?"

"예."

그녀는 그제야 무사시를 물끄러미 바라보았다. 깊은 호수처럼 눈이 젖어 있었다. 가녀린 속눈썹이 흘러내리려는 눈물을 가까스로 붙잡고 있었다.

"고향……. 고아인 제게는 다른 사람들이 말하는 고향은 없습니다. 그저 마음의 고향만 있을 뿐이죠."

"하지만 할머님도 이제는 그대를 다정하게 대해주시는 모양
이니 나는 무엇보다도 그것이 기뻐. 병을 잘 치료해서 그대도 행
복해지길 바랄게."

"지금은 행복합니다."

"그래? 그 말을 들으니 나도 조금은 마음을 놓고 갈 수 있겠
군. 오쓰……."

무사시는 무릎을 꿇었다. 오쓰는 오스기와 곤노스케의 시선
을 느끼고 앉은 채 몸을 더욱 움츠렸지만, 무사시는 누가 보든
상관없는 듯했다.

"야위었어."

무사시는 오쓰의 등에 손을 얹고는 숨을 몰아쉬고 있는 그녀
의 얼굴에 자신의 얼굴을 가까이 가져가며 말했다.

"용서해줘. 날 용서해줘. 무정한 사람이라고 다 무정한 것만은
아니야. 그대만이……."

"아, 알고 있습니다."

"알고 있어?"

"하지만 꼭 한 마디만 말씀해주세요. 저에게 아내라고 한 마
디만……."

"알고 있다고 했잖아? 그런데도 그런 말을 하면 오히려 서먹
해질 뿐이야."

"그래도……."

오쓰는 어느덧 온몸으로 오열하고 있었다. 그러다 갑자기 간절한 마음으로 무사시의 손을 잡고 외쳤다.

"죽어도 저는……. 죽어도……."

무사시는 말없이 고개를 크게 끄덕여 보이고는 자신의 손을 힘껏 잡고 있는 그녀의 가녀린 손가락을 하나하나 떼어놓고 벌떡 일어섰다.

"무사의 아내는 출전하는 남편에게 눈물을 보이지 않는 법. 웃으며 보내줘. 마지막일지 모를 낭군의 출전이라면 더더욱……."

11

곁에 사람들이 있었지만 두 사람의 짧은 만남을 방해하는 사람은 없었다.

"그럼."

무사시가 그녀의 등에서 손을 뗐다. 오쓰는 더 이상 울지 않았다. 아니, 억지로 웃음을 지어 보이며 눈물을 간신히 참고 있었다.

"그럼."

그녀는 무사시와 같은 말로 작별 인사를 했다.

무사시가 일어서자 그녀도 옆에 있는 나무를 붙잡고 비틀거리며 일어섰다.

"잘 지내."

무사시는 이렇게 말하고 파도가 치는 바닷가를 향해 성큼성큼 걸음을 옮기기 시작했다.

오쓰는 무사시가 돌아선 순간 울지 않겠다며 참았던 눈물이 쏟아져 무사시의 모습조차 볼 수 없게 되자 목구멍까지 올라온 마지막 말을 끝내 하지 못하고 말았다.

물가에 서자 소금 냄새를 머금은 강한 바람이 무사시의 귀밑머리와 옷자락을 세차게 흔들며 지나갔다.

"사스케!"

무사시가 작은 배를 향해 소리치자 사스케는 비로소 뒤를 돌아보았다. 그는 아까부터 무사시가 온 사실을 알고 있었지만, 일부러 배에서 다른 곳을 바라보고 있었다.

"아, 무사시 님. 이제 출발하시겠습니까?"

"그렇네. 배를 좀 더 가까이 대주게."

"예, 바로 대겠습니다."

사스케는 밧줄을 풀고 삿대를 뽑아 그 삿대로 바닥을 밀었다. 무사시가 뱃머리로 훌쩍 뛰어오른 순간 소나무 쪽에서 목소리가 들렸다.

"앗, 위험해요. 오쓰 님!"

조타로였다. 그녀와 함께 히메지에서 온 아오키 조타로였다. 조타로도 한 번만이라도 스승인 무사시를 만나고 싶다는 생각으로 왔겠지만, 나설 기회가 없어 나무 뒤에서 다른 곳만 바라보며 서 있었던 모양이다. 그런데 방금 무사시가 배 위로 오른 순간 무슨 생각이 들었는지 오쓰가 곧장 바다를 향해 달려가자 조타로는 자기도 모르게 위험하다고 소리치면서 쫓아갔던 것이다.

그가 혼자만의 짐작으로 위험하다고 소리치자 곤노스케와 오스기도 오쓰의 마음을 순간적으로 오해하고 놀라서 소리쳤다.

"앗, 어딜 가는 거냐?"

"경솔하게 이게 무슨 짓이오?"

세 사람은 양쪽에서 달려들어 오쓰를 붙잡았다.

"아니에요, 그런 게 아니에요."

오쓰는 조용히 고개를 저었다. 어깨를 들썩이고 있었지만 그런 어리석은 짓은 절대 하지 않겠다는 듯 웃음을 보이며 자신을 붙잡고 있는 사람들을 안심시켰다.

"대체 어쩌려던 것이냐?"

"앉게 해주세요."

목소리도 조용했다. 사람들이 가만히 손을 놓자 오쓰는 물가에서 멀지 않은 모래사장에 쓰러지듯 주저앉았다. 그리고 옷깃과 헝클어진 머리를 단정히 하고는 무사시가 타고 가는 배를 향해 외쳤다.

"아무 염려 말고 다녀오세요!"

오스기도 자리에 앉았다. 곤노스케와 조타로도 두 사람을 따라 자리에 앉았다.

조타로는 끝내 스승과 이야기할 기회를 잡지 못했지만, 그 시간을 오쓰에게 나누어준 것이라고 생각하자 전혀 후회가 되지 않았다.

후나시마 결투

1

밀물이 한창 밀려들고 있었다. 해협의 물살은 흡사 격류처럼 빨랐고 바람이 그 뒤를 쫓았다.

아카마가세키를 떠난 작은 배는 이따금 새하얀 물보라를 뒤집어썼다. 사스케는 오늘의 일을 영광으로 생각하고 있었다. 그가 젓는 노에서 그런 기색이 역력했다.

"한참 걸리겠군."

배 중간쯤에 앉아 있던 무사시가 앞쪽을 바라보며 말했다.

"이런 바람과 물살이라면 그리 오래 걸리진 않을 겁니다."

"그래?"

"하지만 시간이 꽤 늦어진 것 같습니다."

"으음."

"진시는 벌써 지났습니다."

"그럼 후나시마에 당도하는 시각은?"

"사시巳時가 될 것입니다. 아니, 더 지나서일 것 같습니다."

"딱 좋군."

그날, 간류도 올려다보고 그도 올려다본 하늘은 한없이 깊고 파랬다. 그리고 나가토의 산에 흰 구름이 깃발처럼 흘러가고 있을 뿐 구름 한 점 없었다.

모지가세키의 상가, 가자시 산의 능선들이 또렷하게 보였다. 그 근처에 무리를 지어 올라가서 보이지 않는 것을 보려고 애쓰는 사람들이 개미 떼처럼 새까맣게 보였다.

"사스케."

"예."

"이것 좀 빌려줄 수 있을까?"

"뭘 말씀입니까?"

"뱃바닥에 있는 쪼개진 노 말이야."

"저건 쓸모도 없는 것인데, 무엇에 쓰시려고요?"

"딱 좋아."

무사시는 노를 한손에 쥐고 팔을 눈에서 일직선으로 들고 보았다. 물기를 머금고 있어서 무겁게 느껴졌다. 노의 한쪽 날에 거스러미가 일어 있었는데 거기서부터 약간 갈라져 있어서 버린 듯했다.

무사시는 작은 칼을 뽑아서 노를 무릎 위에 놓고 마음에 들 때까지 깎기 시작했다. 다른 생각은 없는 모습이다.

사스케는 걱정이 되어 몇 번이나 아카마가세키의 모래사장을, 헤이케 소나무 근방을 눈짐작으로 돌아보곤 했지만, 무사시에겐 눈곱만큼도 미련이라는 것이 없는 듯했다.

조닌町人(일본 에도 시대의 경제 번영을 토대로 17세기에 등장하여 빠르게 성장한 사회 계층이다. 도시에 거주했으며 대부분 상인과 수공업자들이었다)인 사스케가 결투에 임하는 무사는 모두 저런 마음일까, 하고 생각할 정도로 무사시는 너무나 침착한 모습이었다.

노를 다 깎은 듯 무사시는 옷과 소매에 떨어진 나무 부스러기를 털어내며 다시 사스케를 불렀다.

"사스케. 몸에 걸칠 만한 게 뭐 없을까? 도롱이든 뭐든 아무거나 상관없는데."

"추우십니까?"

"아니, 뱃전에서 물방울이 튀어서 등에 뭐라도 좀 걸치려고."

"제가 밟고 있는 판자 아래에 솜옷이 한 벌 있습니다."

"그래? 그럼, 그것 좀 빌릴게."

무사시는 솜옷을 꺼내 등에 걸쳤다.

후나시마는 아직 아련하게 보일 뿐이었다. 무사시는 가이시를 꺼내 끈을 만들기 시작했다. 몇 십 개인지 알 수 없을 만큼 종이를 꼬더니 다시 그 종이끈들을 두 겹으로 꼬아 길이를 잰 뒤 다스키襷(양어깨에서 양겨드랑이에 걸쳐 X자 모양으로 엇매어 일본 옷의 옷소매를 걷어 매는 끈)로 어깨에 맸다.

종이 다스키는 옛날 구전으로 전해지는 것이 있다는 말은 들은 적이 있었지만, 사스케가 보기에는 너무나 허접했다. 그러나 그것을 만드는 빠른 속도와 깔끔한 솜씨만은 사스케가 놀랄 정도였다.

무사시는 다스키에 물이 튀지 않도록 다시 솜옷을 어깨에 걸치고, 어느새 가까이 다가온 섬 그림자를 가리키며 물었다.

"저게 후나시만가?"

2

"아닙니다. 저것은 엄마 섬인 히코지마입니다. 후나시마는 조금 더 가야 보입니다. 히코지마에서 북동쪽으로 5, 6정쯤 떨어진 곳에 모래톱같이 평평하게 보이는 것이 후나시마입니다."

"그렇군. 근방에 섬이 여러 개 보여서 그중 하나라고 생각했는데."

"무쓰레六連, 아이지마藍島, 시라시마白島 등이 있고, 그중에서도 후나시마는 작은 섬입니다. 이사키伊崎와 히코지마 사이가 흔히들 말하는 온도音渡 해협입니다."

"서쪽은 부젠의 다이리大里 포구인가?"

"그렇습니다."

"그러고 보니 생각이 나는군. 이 근처의 포구와 섬들은 겐랴쿠元曆(일본의 연호, 1184~1185) 시절, 구로九郞 판관님과 다이라노 도모모리平の知盛 경 등의 전쟁터였어."

'이런 이야기나 나누고 있어도 되는 걸까?'

노를 저을수록 배가 점점 후나시마를 향해 다가감에 따라 사스케는 아까부터 온몸에 소름이 돋으면서 흥분이 되고 가슴이 뛰어서 어쩔 줄을 몰랐다. 자신이 결투에 나서는 것도 아닌데, 하고 진정시키려고 해봤지만 아무 소용이 없었다.

오늘 결투는 죽느냐 사느냐가 걸린 싸움이다. 지금 태우고 가는 사람을 다시 태우고 돌아올 수 있을지, 태운다 한들 그것이 끔찍한 시체일지도 모른다. 사스케는 무사시의 너무나 담담한 모습을 이해할 수 없었다.

하늘에 떠가는 한 조각 흰 구름과 물 위를 떠가는 한 척 배 위의 사람이 서로 닮은 듯 보였다.

하지만 사스케의 눈에도 그렇게 이상하게 보일 정도로 무사시는 배가 목적지로 가는 동안 아무것도 생각하지 않았다. 무사시는 여태껏 따분함이라는 것을 모르고 살아왔지만, 그날 배 안에서는 다소 따분함을 느꼈다.

노를 다 깎고 다스키도 다 꼬고 나니 생각할 것은 아무것도 없었다.

문득, 뱃전에서 새파란 바다에 이는 파문을 내려다보았다. 바다는 바닥을 알 수 없을 만큼 깊었다. 물은 살아 있다. 무궁한 생명이 깃들어 있는 듯 보이지만 일정한 형태가 없다. 일정한 형태에 사로잡혀 있는 동안은 인간도 무궁한 생명을 가질 수 없다. 진정한 생명의 유무는 이 형체를 잃고 난 후에 알 수 있다고 생각한다.

그렇게 생각하니 눈앞의 삶과 죽음도 물거품 같았다. 하지만 그런 초연한 생각이 불쑥 뇌리를 스치는 것만으로도 무의식중에 온몸의 털이 곤두섰다.

그것은 때때로 배 안으로 부서지는 차가운 물보라 때문이 아니었다. 마음은 생사를 초월한 듯해도 몸은 예감하고 있었다. 근육이 긴장되었다. 몸과 마음이 합치되지 않는다. 마음보다는 근육이나 숨구멍이 그것을 잊고 있을 때 무사시의 뇌리에도 물과 구름의 그림자밖에 없었다.

"배가 보인다."

"오오, 마침내 도착했군."

후나시마가 아니었다. 히코지마의 데시마치勅使待 포구였다. 대략 30~40명의 무사들이 어촌 바닷가에 모여 아까부터 바다를 바라보고 있었다.

이들은 모두 사사키 간류의 문하생들이었는데, 그 대부분이 호소카와 번의 무사들이었다. 고쿠라 성시에 팻말이 세워지자마자 결투 당일 출항이 금지되기 전에 선수를 쳐서 섬으로 건너온 사람들이었다.

'만에 하나라도 간류 스승님이 패한다면 무사시를 섬에서 살려 보내지 않겠다.'

이렇게 은밀히 뜻을 모은 자들이 번의 포고령을 무시하고 이틀 전부터 후나시마로 와서 오늘을 기다리고 있었던 것이다.

하지만 이날 아침, 나가오카 사도와 이와마 가쿠베에 등의 부교와 경비를 맡은 번의 무사들이 그곳에 상륙하자 바로 발각되어서 호되게 질책을 당하고 후나시마 옆에 있는 이곳 히코지마의 데시마치로 쫓겨난 것이었다.

3

결투에 입회하는 번의 관인들은 후나시마에 들어가는 것을 금지한 포고령에 따라 이런 조치를 취했지만, 당연히 같은 번의 간류가 이기기를 바라고 있던 그들은 스승을 생각하는 문하생들이 그런 행동에 나선 것을 내심 동조하고 있었다.

그래서 일단 공무상 그들을 후나시마에서 쫓아내긴 했지만, 그들이 바로 옆인 히코지마로 옮겨갔기 때문에 따로 문제 삼지는 않을 생각이었다.

또 결투가 끝나고 만에 하나라도 간류가 패하였을 경우에는 후나시마에서는 곤란하지만, 무사시가 후나시마를 떠난 후라면 스승인 간류의 복수를 하기 위해 그들이 어떤 행동에 나서든 그 것은 자신들이 간여할 문제가 아니라는 것이 관인들의 솔직한 심경이었다.

히코지마로 옮겨간 간류의 문하생들 역시 그것을 간파하고 있었다. 그들은 어촌의 작은 배 열두세 척을 끌어 모아 데시마치 포구에 대어놓았다. 그리고 결투 상황을 즉시 자신들에게 보고할 전령을 산 위에 세워놓고, 만일의 경우에는 그들 모두가 각각 배를 타고 바다로 나가 무사시가 돌아가는 길을 차단하고 육로로 쫓아가서 죽이든지 경우에 따라서는 그의 배를 전복시켜 바다 속에 수장시키자고 뜻을 모았던 것이다.

"무사시인가?"

"무사시다."

그들은 서로 연락을 취하면서 높은 곳으로 뛰어올라가거나 손을 이마에 대고 한낮의 햇빛이 반사되는 해수면을 응시하고 있었다.

"다른 모든 배편은 아침부터 금지되어 있으니 무사시가 탄 배가 틀림없어."

"혼자야?"

"혼자인 것 같아."

"뭔가를 걸치고 우두커니 앉아 있어."

"속에 갑주라도 입고 왔나 보군."

"뭐 해? 어서 준비해."

"산에 망을 보러 올라갔나?"

"올라갔어. 염려 말게."

"그럼, 우린 배로 가세."

그들은 밧줄만 끊으면 언제든지 노를 저어 출발할 수 있도록 제각기 작은 배 안으로 몸을 숨겼다. 배에는 장창도 한 자루씩 숨겨놓았다. 당사자인 간류와 무사시보다 더 중무장한 자들이 그들 중에 보였다.

한편, 무사시가 나타났다는 소리는 같은 시각 후나시마에도 전해졌다.

후나시마는 아침부터 파도 소리와 함께 소나무와 대나무가 바람에 바스락거리는 소리 외에는 인기척을 찾아볼 수 없을 만큼 고요했다. 기분 탓인지 쓸쓸한 분위기가 느껴졌다.

나가토의 산에서 흩어진 하얀 구름이 때마침 하늘 한가운데에 떠 있는 해를 가리자 섬 전체가 어두워지는가 싶더니 이내 다시 햇볕이 내리쬤다.

섬은 가까이 가서 봐도 매우 좁았다. 북쪽은 약간 높은 언덕이었고 소나무가 많았다. 그곳에서 남쪽으로 평지가 이어지고 얕

218

미야모토 무사시 10

은 여울이 바다로 흘러 들어가고 있다.

그 언덕으로 둘러싸인 평지에서 바닷가에 이르는 곳이 오늘의 결투 장소였다.

부교들을 비롯한 무사들은 바닷가에서 꽤 떨어진 나무 사이에 장막을 둘러치고 숨을 죽이고 있었다. 간류는 번에 속한 무사이고 무사시는 떠돌이 낭인인 만큼 진을 치고 있는 그들의 모습은 무사시에게 충분히 위협적으로 다가왔다.

그런데 약속 시간이 벌써 한 시진 이상이나 지났다. 그곳에서 두 번이나 파발배로 재촉하는 등 사람들은 정숙함 속에서도 얼마간의 초조함과 반감을 갖고 있던 참이었다.

"무사시 님이 왔습니다."

바닷가에 서서 살피던 무사가 멀리 의자와 장막이 보이는 곳으로 달려가면서 소리쳤다.

4

"왔는가?"

이와마 가쿠베에가 무심코 말하고 의자에서 몸을 일으켰다.

그는 오늘 결투의 입회인으로 나가오카 사도와 함께 파견 나온 관인이었지만, 오늘 무사시를 상대할 사람은 아니었다. 그러나 그의 말 속에는 그런 감정이 묻어났다. 그의 옆에서 기다리고 있던 시종과 부하들도 모두 같은 낯빛을 보이며 일제히 일어섰다.

"아! 저기 저 배다."

가쿠베에는 자신이 공평해야 할 번의 관인 신분이라는 것을 깨달은 듯 주위 사람들에게 주의를 줬다.

"자중해라."

그리고 가만히 자리에 앉더니 간류가 있는 곳으로 시선을 향했다.

간류의 모습은 보이지 않았다. 다만 산복숭아 나무 네다섯 그루 사이로 용담 문장이 박힌 장막이 펄럭이고 있었다.

장막 아래에는 대나무 자루가 달린 국자가 들어 있는 들통이 하나 놓여 있었다. 섬에 일찍 도착한 간류는 상대가 늦어지자 들통의 물을 마시고 장막 안에서 쉬고 있었는데 지금은 보이지 않았다.

그 장막을 끼고 조금 앞에 있는 흙으로 쌓아올린 둑 건너편에는 나가오카 사도가 있었는데, 그의 옆에는 부하들과 시종으로 따라온 이오리가 있었다. 방금 무사시가 왔다고 외치며 바닷가에서 무사 한 명이 달려오자 이오리의 낯빛은 입술까지 하얗게 변했다.

아무 움직임도 없이 그저 앞만 바라보고 있던 사도가 문득 이오리를 보더니 낮은 목소리로 말했다.

"이오리."

"예."

이오리는 무릎을 굽히고 한 손으로 땅을 짚으며 사도의 전립戰笠 안을 올려다보았다. 발끝부터 떨리는 온몸의 전율을 어쩔 수가 없었다.

"잘 지켜보거라. 한 순간도 놓쳐서는 안 된다. 무사시 님이 목숨을 걸고 너에게 전수하는 것이라 여기고 봐야 한다."

"……."

이오리는 고개를 끄덕였다. 그리고 그의 말대로 두 눈을 부릅뜨고 바닷가 쪽을 바라보고 있었다.

바닷가까지 거리는 1정 남짓이었다. 하얗게 부서지는 파도는 눈이 시릴 정도로 선명했지만, 사람들의 그림자는 작게만 보일 뿐이었다. 결투가 시작되더라도 실제의 동작이나 호흡 등은 제대로 보일 리가 없었다.

그러나 사도가 똑똑히 지켜보라고 주의를 준 것은 그런 기술적인 것이 아니지 싶다. 사람과 천지의 그 미묘한 순간의 작용을 놓치지 말고 보라는 말이었을 것이다. 또 이런 장소에 임하는 자의 마음가짐이라는 것을 멀리서라도 잘 지켜보라는 말이었을 것이다.

풀들이 바람에 쓰러졌다가 다시 일어났다. 이따금 푸른빛을 띤 벌레가 날아올랐다. 아직 가녀리기만 한 나비가 풀에 매달려 있다가 어디론가 날아갔다.

"아, 저기!"

서서히 다가오는 작은 배가 마침내 이오리의 시야에 들어왔다. 정해진 제한시간보다 한 시진가량이 지난 사시巳時 하각(오전 10시 20분) 무렵이었다.

섬은 한낮의 태양 아래 적막에 싸여 있었다.

그때, 장막 뒤편의 언덕에서 누군가 내려왔다. 사사키 간류였다. 기다리다 지친 간류는 야트막한 산에 올라가 혼자 앉아 있었던 모양이다.

간류는 양쪽에 앉아 있는 입회인들에게 인사를 하고 바닷가 쪽을 향해 조용히 걸음을 옮겼다.

5

해는 중천에 가까이 떠 있었다.

배가 섬의 바닷가에 이르자 조금 후미져 있는 탓인지 파도가 잔잔해지고 얕은 여울의 바닥이 파랗게 들여다보였다.

"배를 어느 쪽에 댈까요?"

사스케가 노 젓는 손을 늦추고 바닷가를 둘러보면서 물었다.

바닷가에는 아무도 보이지 않았다.

무사시는 걸치고 있던 솜옷을 벗어던지며 말했다.

"똑바로 대주게."

뱃머리가 곧장 앞으로 나아갔다. 노를 젓는 사스케의 손은 아무래도 조심스럽게 움직였다. 적막하고 사람이라곤 아무도 보이지 않는 섬에서는 직박구리만이 소리 높여 울고 있었다.

"사스케."

"예."

"이 근처는 물이 얕군."

"바다 쪽으로 멀리까지 얕답니다."

"뱃바닥이 암초에 걸리면 안 되니 무리해서 노를 저어 들어갈 필요는 없어. 곧 바닷물도 빠질 테고."

사스케는 대답하는 것도 잊고 섬 안쪽의 초원을 응시하고 있었다.

소나무가 보였다. 척박한 땅에서 자라 가늘고 길기만 한 소나무였다. 그 아래에 진홍빛 옷자락이 펄럭이고 있는 것이 얼핏 보였다.

'간류가 저기 와서 기다리고 있다.'

손을 들어 가리키려고 무사시를 보자 무사시도 이미 그곳을 보고 있었다.

무사시는 그쪽을 바라보며 허리춤에 넣어두었던 감물을 들인 손수건을 꺼내 네 번을 접더니 바닷바람에 자꾸 헝클어지는 머리카락을 쓸어 올려서 동여맸다.

큰 칼은 배 안에 두고 작은 칼을 차고 갈 생각인 듯 큰 칼이 물에 젖지 않도록 거적으로 싸서 뱃바닥에 두었다.

오른손에는 노를 깎아서 만든 목검을 들고 무사시는 배에서 일어나며 사스케에게 말했다.

"이제 됐어."

그러나 아직 바닷가 모래톱까지는 물 위를 스무 간間(1간은 약 1.8미터)이나 걸어가야 했다. 사스케가 그 말에 두세 번 노를 크게 젓자 배가 갑자기 빠른 속도로 앞으로 나아가더니 바닥이 닿았는지 쿵 하는 소리가 났다.

양쪽 옷자락을 높이 들고 있던 무사시는 그 탄력으로 물속으로 사뿐히 뛰어내렸다. 종아리가 잠길 정도의 깊이였다.

철벅!

철벅!

철벅…….

무사시는 매우 빠른 걸음으로 뭍을 향해 걷기 시작했다. 손에 들고 있는 노로 만든 목검 끝이 그가 발로 차고 가는 하얀 물거품과 바닷물을 가르고 있었다.

다섯 걸음.

다시 열 걸음.

사스케는 노를 내려놓은 채 무사시의 뒷모습을 넋을 놓고 바라보고 있었다. 머리끝에서 발끝까지 한기가 돌아 뭘 해야 할지를 까맣게 잊어버렸다.

그때, 그는 깜짝 놀라며 숨이 탁 멎는 듯한 표정을 지었다. 저쪽 소나무 아래에서 붉은 깃발이 펄럭이듯 간류가 뛰어오는 모습을 본 것이었다. 큰 칼의 칼집이 햇빛을 받아 은빛 여우의 꼬리처럼 반짝이고 있었다.

철벅, 철벅, 철벅.

무사시는 아직 물속을 걷고 있었다.

'빨리!'

그가 마음속으로 외친 보람도 없이 무사시가 뭍으로 올라가기도 전에 간류는 이미 물가까지 달려와 있었다.

'큰일 났다!'

사스케는 더 이상 보고 있을 수가 없었다. 그는 자신의 몸이 두 동강이 난 것처럼 뱃바닥에 엎드려 떨고 있었다.

6

"무사시인가?"

간류가 먼저 말을 걸었다. 그는 대지를 선점하고 적에게 한발도 양보하지 않겠다는 듯 물가에 버티고 서 있었다.

무사시는 물속에 버티고 선 채 미소를 띤 얼굴로 말했다.

"고지로로군."

물결이 노로 만든 목검의 끝을 어루만지고 있었다. 물과 바람에 몸을 맡기고 있는 무사시의 모습은 흡사 목검과 하나가 된 듯 보였다.

그러나 감빛 머리띠로 약간 치켜 올라간 눈매는 이미 평소의 그의 눈이 아니었다. 쏘아본다는 표현은 턱없이 부족했다. 무사시의 눈은 빨아들이고 있었다. 적으로 하여금 생명의 위험을 느끼게 할 만큼 호수처럼 깊이 적의 정기를 빨아들이고 있었다.

쏘아보는 눈은 간류의 눈이었다. 두 눈 속에 무지개가 서린 듯 살기 어린 광채가 이글거리며 상대를 그 자리에 얼어붙게 만들고 있었다.

눈은 마음의 창이라고 하듯 두 사람의 뇌리에 숨 쉬는 본능이 그대로 두 사람의 눈동자를 통해 분출되고 있었다.

"무사시."

"……"

"무사시!"

간류가 두 번 소리쳤다.

먼 바다에서 파도 소리가 들렸다. 두 사람의 발밑에서도 바닷물이 아우성치고 있었다. 간류는 대답이 없는 상대를 향해 소리를 지르지 않고는 견딜 수가 없었다.

"겁을 먹었느냐? 아니면 계책인가? 어쨌든 비겁하다. 약속한 시간에서 벌써 한 시진이나 지났다. 나는 약속을 지키려 아까부터 여기서 기다리고 있었다."

"……."

"이치조 사 사가리마쓰 때도 그렇고 서른세 칸 당에서도 그렇고 너는 항상 고의로 약속 시간을 어기고 적의 허를 찔렀다. 그게 네가 잘 쓰는 수법인가? 허나 나는 그 수법에 속아 넘어가지 않는다. 후대에 웃음거리가 되지 않으려거든 떳떳하게 죽겠다는 마음의 준비를 하고 오너라. 자, 덤벼라. 무사시!"

간류는 이렇게 말하고 칼집 끝의 장식을 등 뒤로 치켜 올리며 허리춤에 차고 있던 모노호시자오를 뽑아 드는 것과 동시에 왼손에 든 칼집을 파도 속에 던져버렸다.

무사시는 마치 아무 소리도 들리지 않는 듯 무심한 표정을 짓고 있었다. 그러나 간류의 말이 끝나고 한동안 기슭으로 몰려오던 파도 소리가 잠잠해지자 갑자기 상대의 폐부를 찌르는 말을 했다.

"고지로, 네가 졌다!"

"뭐라고?"

"오늘 결투는 이미 승부가 났다. 네가 질 것이다."

"닥쳐라! 무슨 근거로 그 따위 소리를 지껄이느냐?"

"이길 생각이었다면 어찌 칼집을 버렸는가? 칼집은 너의 천명天命, 넌 그것을 던져버렸다!"

"흥, 헛소리!"

"안타깝구나. 고지로, 꽃이 지듯 지고 마는 것인가. 그리도 죽음을 재촉하고 싶은가?"

"덤벼라!"

"좋다!"

무사시가 대답했다.

무사시의 발밑에서 물소리가 일었다. 간류도 한 발, 얕은 여울로 철벅 뛰어들며 무사시의 정면을 향해 모노호시자오를 높이 치켜들었다.

그러나 무사시는 팍, 팍, 팍 바닷물을 걷어차면서 수면에 대각선으로 하얀 물보라를 일으키며 간류가 서 있는 왼쪽 기슭으로 뛰어올라갔다.

7

무사시가 물살을 가르며 기슭으로 뛰어올라간 것을 본 간류는 물가를 따라 무사시의 뒤를 쫓았다.

무사시가 물을 벗어나 모래톱을 밟은 것과 간류의 칼이, 아니 날치와 같은 그의 온몸이 무사시를 향해 날아간 것은 거의 동시였다.

"이얍!"

물에 젖은 다리는 무거웠다. 무사시는 아직 싸울 태세를 갖추지 못한 것으로 보였다. 장검 모노호시자오가 자신을 향해 날아오는 것을 느낀 순간, 기슭으로 뛰어올라온 직후여서 몸을 다소 앞으로 구부리고 있는 상태였다.

하지만 무사시의 양손에는 오른쪽 겨드랑이에서 등 쪽으로 감추듯이 노를 깎아 만든 목검이 들려 있었다.

무사시의 소리 없는 기합이 간류의 얼굴을 때렸다. 정수리 위로 떨어질 것 같았던 간류의 칼은 머리 위에서 바람을 가르는 소리만 내더니 무사시 앞으로 아홉 자가량 다가온 곳에서 오히려 자진해서 옆으로 비껴나고 말았다. 불가능하다는 것을 깨달았기 때문이다.

무사시의 몸은 바위처럼 보였다.

"……."

"……."

당연히 두 사람의 위치는 그 방향이 달라졌다. 무사시는 그 자리에 그대로 있었다. 물속에서 두세 걸음 올라선 물가에 서서 바다를 등지고 간류 쪽을 향해 몸을 돌리고 있었다.

간류는 무사시와 정면으로 마주선 채 앞에 있는 바다를 향해 또다시 모노호시자오를 양손으로 치켜들고 있었다.

"······."

"······."

그렇게 두 사람은 지금 완전한 싸움 속에서 호흡을 나누고 있었다.

애초에 무사시도 무념.

간류도 무상.

싸움터는 진공 상태였다.

하지만 물가 밖, 그리고 풀들이 일렁이는 저편의 장막 부근에서는 진공 속에 있는 두 생명체를 수많은 사람들이 지금 숨도 쉬지 못하고 지켜보고 있을 것이 분명했다.

간류를 향해서는 그를 아끼고 믿는 많은 사람들의 바람과 기원이 있었다. 무사시를 향해서도 마찬가지였다. 섬에는 이오리와 사도. 아카마가세키의 바닷가에는 오쓰와 오스기와 곤노스케. 그리고 고쿠라의 소나무 언덕에는 마타하치와 아케미 등도 있었다. 그들은 이곳이 보이지 않는 곳에서 오로지 하늘을 향해 기도를 올리고 있었다.

그러나 지금 이곳에서는 그들의 기원과 눈물은 아무 도움이 되지 않았다. 또 우연이나 신의 도움도 없었다. 오직 공평무사한 푸른 하늘만 있을 뿐이었다. 그 푸른 하늘과 같은 몸이 되는 것이 진정한 무념무상의 모습이라고 하지만 생명이 깃들어 있는 몸에는 쉽지 않은 일이라는 것은 당연하다. 하물며 서로 칼을 겨누고 있는 순간에는 말해 무엇 하겠는가.

"……."

"……."

문득 '요것 봐라.'라는 마음이 생긴다.

온몸의 숨구멍이 마음과는 상관없이 적을 향해 바늘처럼 곤두선다.

핏줄과 살, 손발톱, 머리카락…… 하나의 생명에 딸려 있는 것은 눈썹 하나까지 모두 곤두서서 적에게 덤벼들려고, 또 자신의 생명을 지키려고 하고 있었다. 그 속에서 마음만은 천지와 더불어 맑은 상태를 유지하려 한다는 것은 폭풍우 속에서 연못의 달그림자만이 흔들리지 않으려고 하는 것보다도 더 어려운 일이었다.

8

오랜 시간이 흐른 듯했지만 사실 지극히 짧은, 파도가 대여섯 번 밀려왔다 밀려가는 동안이었을까.

마침내라고 할 만큼의 시간도 아니었다. 커다란 기합 소리가 그 한 순간의 적막을 깼다.

그것은 간류 쪽에서 터져 나온 소리였지만, 거의 동시에 무사시의 몸에서도 터져 나왔다.

바위를 때리는 성난 파도처럼 두 개의 목소리가 울려 퍼진 찰나 하늘 한가운데에 떠 있는 태양도 베어버릴 듯한 높이에서 모노호시자오의 칼끝이 가는 무지개를 그리며 무사시의 정면으로 날아왔다.

그 순간 무사시는 왼쪽 어깨를 앞으로 내려서 피했다. 그러자 허리 위의 상반신도 평면에서 비스듬하게 기울었고, 그때 그의 오른발은 뒤로 약간 빠져 있었다. 그리고 양손으로 들고 있던 목검이 바람을 일으키며 날아간 것과 간류의 장검이 무사시의 미간을 노리고 날아온 것은 거의 동시였다.

"……."

"……."

두 사람의 몸이 뒤엉키듯 스치고 지나간 극히 짧은 순간 둘의 호흡은 파도보다 높고 거칠었다.

무사시는 파도가 치는 물가에서 열 걸음가량 떨어져 바다를 옆에 두고 뒤로 펄쩍 뛰며 물러선 적을 목검 끝으로 보고 있었다. 목검은 중단에서 상대의 눈을 겨누고 있었고, 모노호시자오는 상단으로 돌아와 있었다.

그러나 두 사람의 간격은 서로 충돌한 순간 너무나 멀리 벌어져버렸다. 긴 창도 닿지 않을 정도로 간격이 벌어진 것이다.

간류는 최초의 공격에서 무사시의 머리카락 한 올조차 베지 못했지만, 그의 의도대로 유리한 지형을 차지하게 되었다.

그러나 무사시가 바다를 등지고 움직이지 않은 것은 그만한 까닭이 있었다. 무사시는 한낮의 강렬한 햇살이 해수면에 반사되어 그 빛과 마주하고 있는 간류가 불리할 수밖에 없다는 것을 알고 있었기 때문이다. 만약 그 위치에서 수비적인 자세를 취하고 있는 무사시와 계속 대치하고 있었다가는 분명 간류가 무사시보다 먼저 정신과 눈이 모두 지쳐버렸을 것이다.

'됐어!'

자신이 의도한 대로 유리한 위치를 차지한 간류는 이미 무사시의 전위前衛를 깨부순 듯한 기분이었다.

간류는 천천히 앞으로 한 발 한 발 다가갔다. 간격을 좁혀가는 동안 적의 자세에서 어느 한 군데라도 허점이 있는지를 살피면서 동시에 자신의 몸을 빈틈없이 지키기 위한 움직임이었다.

그런데 갑자기 무사시가 맞은편에서 거침없는 걸음으로 걸어오기 시작했다. 간류의 눈 속에 목검 끝을 그대로 찔러 넣으려는 듯 간류의 눈을 겨눈 채 곧장 다가오고 있었다.

그의 거침없는 모습에 간류가 움찔 놀라 걸음을 멈춘 순간 목검이 붕 소리를 내며 올라갔고 무사시의 모습이 시야에서 사라지고 말았다. 6척에 가까운 무사시의 몸이 4척 정도로 줄어든 것처럼 보였다. 무사시가 땅을 박차고 공중으로 날아올랐던 것이다.

"이얍!"

간류는 머리 위로 치켜든 장검으로 크게 허공을 갈랐다. 간류의 칼끝에 무사시가 머리에 두르고 있던 감빛 수건이 둘로 갈라져서 날아갔다.

간류의 눈에는 날아가는 그 감빛 수건이 무사시의 목이 날아가는 것처럼 보였다. 피처럼 보이기도 하는 그것이 자신의 칼을 맞고 날아가고 있었다.

간류의 눈이 그것을 바라보며 싱긋 웃었는지도 모른다. 그러나 바로 그 순간 간류의 두개골은 무사시가 내려친 목검 아래 모래처럼 으스러지고 말았다.

바닷가 모래사장과 초원의 경계 위에 쓰러진 그의 얼굴은 자신이 졌다는 표정이 아니었다. 입에서는 쿨럭쿨럭 피를 토하고 있었지만, 무사시의 목을 바닷속으로 날려버린 것처럼 회심의 미소를 그 입술에 띠고 있었다.

9

"아아!"

"간류 님이!"

저편 장막 쪽에서 탄식이 들렸다. 자신들도 모르게 터져 나온 소리였다.

이와마 가쿠베에와 그 주위에 있던 사람들이 참담한 표정으로 모두 몸을 일으켰다. 하지만 바로 옆에 자리 잡고 있는 나가오카 사도와 이오리 일행의 태연자약한 모습을 보고는 애써 평정을 가장하며 움직이지 않으려고 애를 쓰고 있었다.

하지만 부정할 수 없는 패배와 상실의 처참한 기운이 간류가 이기리라고 믿고 있던 사람들을 뒤덮고 있었다.

"……?"

눈앞에 펼쳐진 현실을 보고도 자신들이 잘못 본 것은 아닌가 의심하듯 마른침을 삼키며 한동안 미련과 번뇌에서 벗어나지 못하는 모습이다.

섬은 여전히 사람들의 인기척을 느낄 수 없을 만큼 정적에 휩싸여 있었다. 무심한 솔바람과 일렁이는 초원만이 갑자기 인생의 덧없음을 일깨우는 듯했다.

무사시는 본연의 자신으로 돌아와 한 조각 구름을 올려다보고 있었다.

이제는 구름과 자기 자신을 명확하게 구분할 수 있을 만큼 제정신으로 돌아와 있었다. 끝내 돌아오지 못한 것은 적인 간류 사사키 고지로였다.

고지로는 열 걸음쯤 앞에 쓰러져 있었다. 풀 속에 얼굴을 옆으로 처박고 꼭 움켜쥔 칼자루에선 아직 집착의 힘이 엿보였다. 그러나 결코 괴로워하는 얼굴은 아니었다. 그 얼굴을 보면 자신은 온 힘을 다해 잘 싸웠다는 만족감이 느껴졌다. 끝까지 전력을 다해 싸운 사람의 얼굴에는 모두 그런 만족감이 나타나 있었다. 거기에서 미련이나 후회와 같은 그늘은 전혀 볼 수 없었다.

무사시는 잘려나간 감빛 수건에 눈길을 떨구었다. 온몸에 소름이 돋았다.

'평생 이런 적을 또 만날 수 있을까?'

그런 생각이 들자 그는 홀연 고지로에게 애석한 마음과 존경심이 일었다. 그리고 동시에 적에게서 받은 은혜라는 생각도 들었다. 칼을 잡았을 때의 강함…… 단순한 투사로서 고지로는 자신보다 높은 곳에 있던 용사임이 분명했다. 그로 인해 자신이 높은 곳에 있는 자를 목표로 삼을 수 있었던 것은 은혜였다.

그럼, 그 높은 곳에 있는 자를 자신이 꺾을 수 있었던 것은 무엇 때문이었을까?

기술일까? 천우신조였을까?

아니라고는 바로 대답할 수 있었지만, 무사시도 알 수 없었다. 막연한 말로 표현한다면 실력이나 천우신조 이상의 것이 이기게 한 것이 아닌가 싶었다. 고지로가 믿고 있던 것은 기술이나 실력의 칼이고, 자신이 믿고 있던 것은 정신의 칼이었다. 그 차이밖에 없었다.

"……."

무사시는 말없이 열 걸음가량 걸어가서 고지로 옆에 무릎을 꿇었다.

왼손을 고지로의 코에 대보았다. 아직 희미하게나마 숨을 쉬고 있었다. 무사시의 얼굴에서 수심이 사라졌다.

"치료만 잘하면……."

고지로의 생명에 한 줄기 희망의 빛이 비치는 듯했다. 그와 동시에 오늘의 결투로 인해 이 소중한 적이 이 세상에서 사라지지 않아도 된다는 안도감이 들기도 했다.

"그럼, 안녕히……."

무사시는 고지로와 저편 장막에 있는 사람들에게 손을 땅바닥에 짚고 절을 했다. 그리고 피 한 방울 묻지 않은 목검을 들고 북쪽 바닷가를 향해 달려가더니 거기서 기다리고 있던 작은 배 안으로 훌쩍 뛰어올랐다.

어디로 갔는지, 그 작은 배는 어디에 도착했는지.

히코지마에 대기하고 있던 고지로의 제자들도 스승인 고지로의 복수를 하기 위해 무사시의 배를 가로막았다는 이야기는 들을 수 없었다.

인간은 살아가는 동안 증오와 집착에서 벗어날 수 없다.

시간은 흘러도 감정의 파장은 끊임없이 넘실거린다. 무사시가 살아 있는 동안에는 여전히 그를 달갑지 않게 여기는 사람들이 그때 그의 행동을 비판하며 이렇게 말했다.

"그때 무사시도 도망칠 길이 걱정됐는지 꽤나 당황하더군. 간류의 숨통을 끊어놓는 것도 잊은 채 서둘러 간 것만 봐도 알 수 있지 않은가?"

파도가 요란한 것은 당연하다.

파도에 몸을 맡긴 채 자유롭게 헤엄치는 잡어는 파도를 타며 노래하고 춤춘다. 하지만 누가 알까. 100척 아래 물의 마음을, 물의 깊이를.

〈끝〉

재미와 교훈이 있는 완벽한 소설
《미야모토 무사시》

검성劍聖 미야모토 무사시. 60여 차례의 결투에서 단 한 번도 패한 적이 없고, 세계 3대 병법서라는 《오륜서》의 저자이자 흔히 이도류二刀流라 불리는 니텐이치류二天一流의 창시자인 미야모토 무사시는 일본 최강의 무사로 불리며 일본 국민들 사이에서 역사상 가장 인기 있는 인물로 꼽힌다.

역사에 길이 남을 만한 위대한 업적을 세운 것도 아니고 나라를 구하거나 난세를 평정한 영웅도 아닌 일개 무사가 이렇듯 대중적으로 큰 인기를 모으며 소위 스타가 된 것은 1935년부터 〈아사히신문〉에 연재되기 시작한 요시카와 에이지의 소설 《미야모토 무사시》의 영향이 크다.

소설 《미야모토 무사시》가 탄생하게 된 배경은 일본의 소설가이자 아쿠타가와 상, 나오키 상의 설정자인 기쿠치 칸菊池

寬과 나오키 산주고直木三十五 사이에 미야모토 무사시의 '명인론'에 대한 논쟁이 벌어진 것이 계기였다.

1932년 나오키가 무사시는 '명인(검의 고수)이 아니다'라는 주장을 내놓자 기쿠치가 그에 반대하며 무사시는 '명인이다'라고 주장했다. 이에 나오키가 요시카와 에이지에게 어느 쪽 주장을 지지하느냐고 묻자 요시카와는 기쿠치의 주장을 지지한다고 밝혔고, 나오키가 다시 "요시카와가 무사시를 명인으로 생각하는 이유를 발표하라!"고 촉구했지만 이 요구에 대해서 요시카와는 침묵을 지켰다. 그러다 1935년에 요시카와가 〈아사히신문〉을 통해 소설《미야모토 무사시》를 발표함으로써 간접적으로나마 나오키의 요구에 대한 답을 내놓았고, 이 작품이 그야말로 신드롬급에 가까운 인기를 모으자 자연스럽게 '무사시는 명인'이라는 설이 많은 사람들의 지지를 받게 되었을 뿐만 아니라 미야모토 무사시라는 일개 무사가 대중들 사이에서 영웅과 같이 인식되며 스타가 된 것이다.

그렇다면 소설《미야모토 무사시》속 주인공 미야모토 무사시와 실존 인물이었던 미야모토 무사시 사이에는 어떤 차이가 있을까? 과연 소설 속 주인공처럼 실존했던 미야모토 무사시도 상대가 누구든, 또 상대가 몇 명이든 반드시 승리하고 마는 당대 최강의 검객이었을까? 생명을 존중하고 타인을 배려하며 자신에겐 엄격한 참된 무사였을까?

무사시가 정말 어떤 인간이었는지 판단하기 위해서는 우선 소설이라는 장르의 특성부터 알아야 할 것이다.

소설이라는 것이 원래 지어낸 이야기다. 소설의 내용 전체가 백퍼센트 창작된 것도 있고, 작자 자신이 경험한 일을 토대로 지어낸 자전적 소설도 있다. 또 실제 사건을 작자의 상상력으로 풀어낸 실화 소설과 역사적인 사실에 기반을 둔 역사 소설도 있다. 이처럼 소설(픽션)이라는 장르로 세상에 발표되는 작품들은 어떤 것이든 사실과 허구가 차지하는 비율만 다를 뿐 백퍼센트 사실만을 기록한 것은 없다. 백퍼센트 사실만을 기록한 글이라면 그것은 논픽션 즉 수필이나 자서전, 일기와 같은 기록물일 것이다.

요시카와 에이지의 《미야모토 무사시》도 이러한 소설의 특성을 충실히 따른 역사 소설이다. 역사에 기록되어 있는 무사시의 행적을 바탕으로 지은이가 자신의 상상력을 동원하여 지어낸 이야기다. 따라서 소설에서 묘사되는 미야모토 무사시와 실제 역사 속 인물인 미야모토 무사시는 분명 차이가 있을 수밖에 없다.

우선 저자는 오쓰와 마타하치, 오스기와 같은 가상의 인물을 등장시켰다. 실존 인물인 다쿠안과의 만남과 인연도 저자 스스로 자신이 창작한 것이라고 밝힌 바 있다. 또 소설에는 무사시가 세키가하라 전투에 서군(도요토미) 쪽 병졸로 참전했다고 나와 있는데, 검객으로 유명했던 무사시의 아버지 신멘 무니사이가 동군(도쿠가와) 쪽인 구로다 가문을 섬기는 무사였다는 것을 증명하는 구로다 가의 문서가 있는 것으로 보아 아버지와 함께 규슈에서 동군으로 참전했을 가능성이 높다.

소설 전체를 놓고 볼 때 도입부나 다름없는 앞부분만 봐도 이처럼 창작된 이야기가 많은 것을 보면 소설 속 내용과 역사적인 사실이 많은 부분에서 다르다는 것은 충분히 짐작하고도 남을 것이다. 바꿔 말하면 이것은 소설 속 미야모토 무사시가 실제와는 다르게 다분히 좋은 쪽으로 과장되어서 가공되었으리라는 것도 추측할 수 있다.

실제로 소설에 의해 왜곡된 미야모토 무사시의 인물상이 일반 대중에게 마치 진실인 양 인식된 것에 대해 저자 자신도 고통에 버금가는 자책을 느끼지 않을 수 없다고 말한 바 있고, 요시카와가 소설의 바탕으로 삼은 역사적인 사실이 근거가 희박하다며 앞서 나오키처럼 실제 무사시는 소설 속의 무사시처럼 그렇게 대단한 고수가 아니라고 주장하는 학자도 있다.

그렇다고 실제 미야모토 무사시가 소설 속 미야모토 무사시와는 전혀 다르게 일개 범부에 지나지 않거나 실력이 형편없는 무사는 아니었을 것이다. 우선 그렇게 형편없는 인물이거나 별 볼일 없는 인물이었다면 굳이 그를 주인공으로 내세워 자신의 이름을 걸고 소설을 쓰려는 무모한 사람은 없을 것이기 때문이다.

그리고 미야모토 무사시가 직접 쓴 《오륜서》에서 스스로도 밝혔듯이 그는 60여 차례의 결투에서 한 번도 진 적이 없을 정도로 대단한 실력자였고(60여 차례의 진검 승부 기록은 일본 무사 중 최다이다. 잇토류一刀流의 창시자 이토 잇토사이伊藤一刀齊도 33차례의 진검 승부만이 기록으로 남아 있다), 오늘날까지도 세계 3대 병법서로 불리며 명저로 남아 있는 《오륜서》만 봐도 그가 단순히 검만 잘 다루는 검객이 아닌 병법과 전술에도 뛰어난 진정한 무사였다는 것을 잘 알 수 있다. 또 죽기 일주일 전에 써서 제자에게 남긴 것이라는 홀로(獨) 걸어온(行) 길(道)이라는 뜻의 〈독행도〉를 보면 스스로를 얼마나 엄격하게 통제하고 관리해왔는지를 알 수 있고, 그가 남긴 여러 점의 예술 작품을 통해서는 그의 예술가로서의 면모도 볼 수 있다.

이처럼 소설 속의 미야모토 무사시는 소설이라는 장르적 특성상 다소 과장되고 미화되었을 수도 있으나 그것이 결코 근거가 없는 과장이거나 터무니없는 미화는 아니었다고 할 수 있다.

저자가 주인공을 과장하고 미화하여 표현하는 것은 두말할 필요도 없이 소설이기 때문이다. 소설이니까 과장하고 과장할 수 있었고, 소설이니까 미화하고 미화할 수 있었다.

어쨌든 소설은 재미있어야 한다. 재미가 없는 소설은 독자들의 외면을 받을 것이고, 독자들의 외면을 받는다면 소설로서의 가치는 없다. 저자가 자신의 상상력을 마음껏 발휘하여 과장하고 가공하며 이야기를 풀어가는 것은 순전히 재미있는 소설을 만들기 위해서다.

또 아무리 소설이지만 교훈도 있어야 한다. 재미 삼아 읽는 것이 소설이라 해도 독자들은 소설을 통해 뭐라도 한 가지 얻어가기를 바란다. 그것이 인간관계의 요령이든 삶에 대한 철학이든 상관없다. 재미만 있고 아무 교훈을 주지 못하는 소설은 대중들로부터 잠깐의 사랑은 받을 수 있을지 모르지만 그 사랑은 얼마 안 가서 싸늘히 식고 만다. 저자가 주인공의 단점은 축소하고 장점을 극대화하여 미화하는 것은 독자들로 하여금 미화를 통해 훌륭한 사람으로 묘사된 주인공의 삶에서 뭐라도 한 가지 배워가기를 바라기 때문이다.

그런 점에서 볼 때 이 소설의 저자 요시카와 에이지는 실로 완벽한 소설을 만들어냈다고 할 수 있다.

신문에 연재되고 나서 1년 만에 단행본으로 출간되기 시작한 《미야모토 무사시》는 80여 년이 지난 지금까지도 수많은 쇄를 거듭하고 판을 갈아가며 여전히 출간되고 있고, 이 소설을 원작으로 해서 영화와 드라마, 연극, 만화, 게임 등등이 속속 제작되었고 지금도 제작되고 있다.

이처럼 오랜 세월 동안 꾸준하게, 그리고 다방면에서 폭넓게 대중들의 사랑을 받는 이유가 바로 소설 《미야모토 무사시》가 앞에서 말한 재미와 교훈을 동시에 주는 완벽한 소설이기 때문이 아닐까 싶다.

이 책을 읽는 독자 여러분들이 이 책을 읽고 어떤 느낌을 받았는지는 모른다. 또 이 책에 대해 어떤 평가를 내릴지도 모른다. 그러나 적어도 나는 2년이 넘는 시간 동안 이 소설을 우리말로 옮기면서, 또 한 사람의 독자로 이 소설을 읽으면서 소설《미야모토 무사시》야말로 근래 보기 드문 완벽한 소설이라고 느꼈다.

무협지를 읽는 듯한 재미를 느꼈고, 위인전을 읽을 때의 교훈을 받았으며, 무사시와 오쓰의 애틋하고 순수한 사랑 이야기에서는 순애 소설을, 무사시와 조타로, 이오리가 지금보다 더 나은 자신이 되기 위해 항상 치열하게 살아가는 모습에서는 성장 소설을 읽는 듯한 착각에 빠졌다.

그러나 사람들의 생각과 느낌은 저마다 다 다르다. 내가 그렇게 생각하고 느낀다 해서 남도 그렇게 생각하고 느껴야 한다고 강요할 수도 없고 강요해서도 안 된다.

다만 나는 이 책을 읽는 독자 여러분들이 책을 읽으면서 즐길 만한 부분이 나오면 재미있게 즐기고, 꿈을 꿀 수 있는 부분에서는 마음껏 꿈도 꿔보고, 주인공의 삶에서 배울 것이 있다면 배워가면서 독서의 참맛을 자유롭게 누릴 수 있기를 바랄 뿐이다.

옮긴이 김대환

검성 미야모토 무사시의 생애

옛날 사람들이 흔히 그렇듯 미야모토 무사시의 출생과 관련된 정확한 기록은 없다. 다만 미야모토 무사시가 직접 집필한《오륜서》를 통해 출생년도를 추정할 수 있을 뿐이다. 그는《오륜서》의 서문에서 1643년에 나이 예순이 되었다고 했다. 이를 역산하면 1584년에 태어났다는 것을 알 수 있다.

무사시의 출생지 또한 확실하지 않다. 일본에서는 대중적으로 워낙 유명한 인물이라 미야모토 무사시의 출생지라고 주장하는 곳이 여럿 있다.《미야모토무라 고사장宮本村古事帳》의 기록을 토대로 미마사카美作 요시노 군 사누모무라 미야모토(오카야마 현岡山縣 오하라초大原町 미야모토) 마을이라는 설과《오륜서》서문에서 무사시가 스스로 '하리마 무사'라고 한 것에 따라 반슈(효고 현兵庫縣)라는 설이 있다. 그러나 결정적인 증거는 없다.

어려서는 시치노스케, 도모지, 다케조 등으로 불렸고, 아버지는 짓테十手의 달인이라 알려진 신멘 무니사이新免無二齋이다.

무사시는 아버지에게 짓테 술을 배우고 어려서부터 검술에 많은 관심을 보이다 열세 살 때 처음으로 결투를 벌였다. 상대는 신토류의 검객 아리마 기헤에로 그에게 승리하고, 열여섯 살 때는 다지마의 강력한 검객 아키야마 아무개와 결투를 벌여 역시 멋지게 승리를 거두었다.

13세 때의 무사시 초상
그림의 오른쪽 상단에 열세 살 때 아리마 기헤에를 타살打殺했을 때의 초상이라 쓰여 있다.

열일곱 살 때 도쿠가와 이에야스德川家康가 일본의 패권을 차지하고 에도江戶 막부幕府 정권을 세우는 기반이 된 세키가하라 전투関ヶ原の戰い에 참전했다고 하나 확실한 근거는 없다.

'세키가하라 전투'로부터 4년이 지난 1604년에는 교토로 가서 검술의 명문 집안인 요시오카 일문의 당주黨主 요시오카 세이주로吉岡清十郎와 그의 동생 덴시치로傳七郎와의 결투에서 승리를 거두었다. 아시카가 막부足利幕府의 '쇼군 사범將軍師範'을 지낸 요시오카 일문을 단신으로 초토화시키며 사람들 사이에 미야모토 무사시라는 이름을 본격적으로 알리게 된 것이다.

이후로도 전국 각지를 돌아다니며 각 유파의 고수들과 결투를 벌였지만 단 한 번도 패하지 않았다. 그런 와중에 자신의 검술 유파인 엔메이류円明流를 창시하기도 했다.

그리고 1612년 4월 13일, 마침내 미야모토 무사시의 최대 숙적인 사사키 고지로佐佐木小次郎와의 전설적인 '간류지마巖流島 결투(이 작품에서는 간류지마가 후나시마로 나온다. 후나시마가 정식 명칭이나 무사시와의 결투를 계기로 결투에서 패한 사사키 고지로의 검법 이름을 따서 간류지마라 부르게 되었다)'가 벌어진다. '간류지마 결투'에서 무사시는 일부러 약속시간보다 늦게 나타나 고지로를 초조하게 만들어 심리적 우위를 점하였다.

여기에서 무사시는 고지로의 트레이드마크인 1미터 5센티미터의 장검長劍 모노호시자오物干竿에 맞서 배의 노를 깎아 만든 목검으로 이겼다고 한다. 무사시와 마찬가지로 이때까지 한 번도 패한 적이 없던 고지로는 무사시의 일격에 첫 패배이자 마지막 패배로 최후를 맞이한 것이다.

그런데 무사시는 '간류지마 결투' 이후 다른 유파와의 검술 대결은 일체 하지 않았다. 이 작품의 마지막 장면이 '간류지마 결투'인 것도 이 때문이다.

이후 무사시는 1614년 '오사카 겨울 전투', 1615년 '오사카 여름 전투' 등 도쿠가와 이에야스가 도요토미 히데요시豊臣秀吉의 추종 세력을 소탕하는 전투에 여러 차례 참전한 것으로 알려져 있으나 그가 도쿠가와의 편이었는지, 도요토미의 편이었는지는 확실하지 않다.

간류지마 결투를 기념하여 섬에 세운 동상

'오사카 여름 전투' 이후에는 각지를 떠돌아다녔다는데 에도에서는 도장을 열었다고도 한다.

1637년, 규슈의 시마바라島原에서 아마쿠사 시로天草四郎가 주도한 농민과 기독교도에 의한 반란이 일어났다. '시마바라의 난'이다. 마침 규슈의 고쿠라小倉에 있던 무사시도 진압군에 가담했으나 별다른 전과를 올리지 못하고 다리 부상만 입고 말았다.

1640년에는 검법을 좋아하고 무武를 숭상하는 인물인 구마모토熊本의 번주藩主 호소카와 다다토시細川忠利의 초청을 받아 그에게 몸을 의탁하고, 이듬해 평생 동안 닦아온 병법 니텐이치류二天一流(이도류)의 진수를 기록한 〈병법 35개조〉를 다다토시에게 바쳤다.

무사시는 일개 검객으로서가 아닌, 자신의 검법 수련을 통해 얻을 수 있는 정치·경제적 이상을 다다토시를 통해 만인이 도움을 받을 수 있도록 실천해보려고 했을지도 모른다. 그러나 믿었던 다다토시가 불행하게도 56세의 젊은 나이로 갑자기 죽자 실의에 빠진 무사시는 모든 세속적인 야심을 버리고 구마모토의 교외에 있는 긴푸 산金峰山의 레

간류지마 결투에서 사용한 목검이라 전해지는 '노 목검'

이간도靈巖洞 동굴에 들어가 좌선 및 저술 활동에 몰두하였다.

《오륜서》는 이 레이간도 동굴에서 1643년 10월부터 쓰기 시작하여 1645년에 집필을 마쳤다. 그리고 1645년 6월 13일, 지바 성의 자택에서 제자들이 지켜보는 가운데 임종을 맞이하였다. 향년 62세.

죽기 며칠 전에는 《오륜서》와 함께 〈독행도〉를 제자인 데라오 마고노조에게 전해주었다고 한다.

미야모토 무사시의 자화상

미야모토 무사시와 《오륜서》

미야모토 무사시의 《오륜서》는 손무의 《손자병법》, 카를 폰 클라우제비츠의 《전쟁론》과 함께 세계 3대 병법서로 인정받고 있다. 또한 '사무라이侍(무사) 정신'으로 일컬어지는 일본 정신의 근원을 이룬 최초의 책이라는 평가도 받고 있다.

그러나 병법서를 집필했다고 해서 무사시를 손무나 오자서와 같은 병법가로 생각하면 안 된다. 일본에서의 병법이란 무구 즉, 병기를 다루는 기술을 뜻한다. 따라서 무사시를 병법가가 아닌 무사, 검객으로 봄이 마땅하다 하겠다. 참고로 우리나라의 병법과 같은 뜻으로 일본에서는 군략軍略이라는 말로 표현하고 있다.

미야모토 무사시는 사무라이의 나라 일본에서 수많은 사무라이 중 첫째로 꼽히고 있다. 스스로 밝히길 젊은 시절 60여 차례의 결투에서 단 한 번도 패한 적이 없다고 하니 그 평가가 심하게 과장되었거나 왜곡된 것은 아닌 듯하다.

《오륜서》는 그런 무사시가 자신이 세운 이도류二刀流(니텐이치류)를 세상에 알리고자, 후세에 남기고자, 나이 예순이 되어 집필하기 시작한 책이다. 말년에 몸을 의탁하게 된 호소카와 다다토시에게 자신의 이도류를 정리한 《병법 35개조》를 바쳤는데, 《오륜서》는 이 《병법 35개조》를 근간으로 하여 살을 덧붙여서 집필한 것이다. 다시 말해서 《병법 35개조》의 개정 · 증보판이 바로 《오륜서》라 할 수 있겠다.

《오륜서》에는 단순히 싸우는 기술만 나열된 것이 아니라 승리를 위한 전략과 전술을 비롯해 승부에 임해서 개인이 가져야 할 마음가짐, 상대를 대하고 요리하는 요령, 어떠한 승부에서도 이기기 위한 평소의 노력과 자세, 위기에 몰렸을 때의 대처법 등등 승리(성공)를 거두기 위한 다양한 방법들이 소개되어 있다.

이런 이유로 《오륜서》는 병법서뿐만 아니라 자기계발서, 경영 전략서 등으로 널리 읽히고 있다. 이를 알 수 있는 증거로 잭 웰치 진 제너럴 일렉트릭 회장은 《오륜서》를 "위대한 세계적 군사 이론 서적이며 이 책에 서술된 전술 원칙은 성공을 위한 기업은 물론 개인에게도 훌륭한 귀감이 된다."고 극찬한 바 있다.

독행도

〈독행도獨行道〉는 미야모토 무사시가 죽기 일주일 전에 써서 제자에게 남긴 것이라 한다. 그러나 유언 같은 것이 아니라 그 이름대로 홀로〔獨〕 걸어온〔行〕 길〔道〕이라는 뜻으로 무사시만의 독자적인 생활방식을 21개조로 나타낸 것으로 보이며, 스스로에게 맹세하는 글이라 해서 〈자철서自誓書〉라고도 불리고 있다.

1. 세상의 도리를 거스르지 않는다.
2. 몸의 편안함을 꾀하지 않는다.
3. 모든 일에 의지하는 마음을 갖지 않는다.
4. 자신을 얕게 생각하고 세상을 깊게 생각한다.
5. 평생 욕심을 부리지 않는다.
6. 자신이 한 일에 후회하지 않는다.

7. 선과 악으로 남을 시샘하지 않는다.

8. 어느 길에서도 헤어짐을 슬퍼하지 않는다.

9. 자타自他 모두에게 원망하는 마음을 갖지 않는다.

10. 연모하는 마음을 갖지 않는다.

11. 어떤 일이든 특별히 좋아함이 없다.

12. 거처할 집을 바라지 않는다.

13. 내 한 몸을 위한 미식美食을 바라지 않는다.

14. 값어치가 될 만한 골동품을 소유하지 않는다.

15. 흉한 징조에도 몸을 사리지 않는다.

16. 무기 외에는 자신만의 도구를 고집하지 않는다.

17. 어떤 길을 가는 데 있어서 죽음을 두려워하지 않는다.

18. 노후를 대비해 재물을 축적하지 않는다.

19. 부처님을 경배하되 의지하지 않는다.

20. 목숨은 버려도 명예와 자긍심은 버리지 않는다.

21. 늘 병법의 길에서 벗어나지 않는다.

〈독행도〉 원본

미야모토 무사시

예술가 미야모토 무사시

아호를 니텐二天이라 칭하는 무사시는 화가, 조각가로도 일본 미술사상에서 빼놓을 수 없는 인물이다. 특히 수묵화에는 뛰어난 솜씨를 발휘했는데, 국가 중요문화재로 지정된 〈고목명격도〉, 〈노안도〉 등을 봐도 어설프게 화가 흉내를 내는 것이 아니라 이런 천재가 또 있을까 싶을 정도로 상당한 경지에 이르렀음을 알 수 있다.

〈고목명격도〉

〈노안도〉

현재 남아 있는 작품의 대부분은 말
년에 그린 것으로 추정되며 주요 그림
으로는 〈제도鵜図〉(두견새 그림), 〈정면
달마도正面達磨図〉, 〈면벽달마도面壁達
磨図〉, 〈문복포대도押腹布袋図〉(배를 어
루만지는 그림), 〈노안도芦雁図〉(기러기
그림), 〈노엽달마도芦葉達磨図〉, 〈야마
도野馬図〉(야생마 그림), 〈고목명격도枯
木鳴鵙図〉(고목 위의 까치 그림), 〈주무숙
도周茂叔図〉, 〈유압도遊鴨図〉(오리가 노
니는 그림), 〈포대도布袋図〉, 〈포대관투
계도布袋観闘鶏図〉 등이 있다.

〈제도〉

무사시가 만든 공예품 중에서는 검은 옻칠을 한 '안장'과 사사
키 고지로와 후나시마(간류지마)에서 결투를 하러 가면서 노를
깎아 직접 만들었다는 '노 목검', 무사시의 검에 붙어 있던 것이
라고 하는 '날밑' 등이 전해지고 있다.

안장

날밑

《미야모토 무사시》 용어 사전

- ㄱ -

가구라神楽 – 신에게 제사지낼 때 연주하는 무악舞楽.

가구라덴神楽殿 – 신에게 제사지낼 때 연주하는 무악인 가구라를 연주하기 위한 건물.

가구라부에神楽笛 – 일본의 전통 악기 중 하나로 신사에서 무녀가 신에게 제사를 지낼 때 연주하는 무악인 가구라를 연주할 때 사용된다.

가나仮名 – 일본 문자, 한자에 가나를 붙여서 읽는 법을 알려준다.

가도마쓰門松 – 새해에 문 앞에 세우는 장식 소나무. 정식으로는 대나무를 곁들이고, 약식으로는 솔가지 하나에 인줄만 단다.

가라스텐구烏天狗 – 까마귀 부리와 날개를 가진 상상 속 괴물.

가라타케와리幹竹割り – 대나무를 쪼개듯 사람을 세로로 베는 검법.

가라하시唐橋 – 중국식 난간이 있는 다리.

가람伽藍 – 스님들이 한데 모여서 수행 생활을 하는 장소.

가루타かるた – 남만인에 의해 전해진 카드놀이, 포르투갈어인 카르타에서 유래.

가릉빈가迦陵頻伽 – 불경에 나오는 사람의 머리를 한 상상의 새. 히말라야 산에 살며, 그 울음소리가 곱고 극락에 둥지를 튼다.

가미가타上方 – 지금의 간사이關西 지방.

가미교上京 – 교토 북부의 한 구區.

가미시모裃 – 무사의 예복.

가부키歌舞伎 – 음악과 무용, 기예가 어우러진 일본의 전통 연극.

가와라河原 – 교토 4조 대교 부근의 가모 강 강변.

가이시懷紙 – 접어서 품에 지니고 다니는 종이.

가이아와세貝合せ – 진기한 조가비에 와카를 곁들여, 그 우열을 겨루는 놀이.

가추家中 – 영주가 거느리는 가신의 총칭.

각刻 – 시간을 말할 때 한 시진(두 시간)을 삼등분해서 상각·중각·하각으로 표현한다.

간間 – 1간은 약 1.8미터.

간파쿠關白 – 왕을 보좌하여 정무를 총리하던 중직.

갓파河童 – 물속에 산다는 어린애 모양을 한 상상 속의 동물.

강목팔목岡目八目 – 바둑에서 나온 말로 옆에서 보고 있는 관전자가 오히려 냉정하게 지켜보기 때문에 대국자보다 여덟 집을 더 본다는 것.

겐카絃歌 – 샤미센을 타면서 부르는 노래.

겐페이 성쇠기源平盛衰記 – 가마쿠라鎌倉 시대에 지어진 작자

미상의 48권짜리 전쟁 소설.

견취도見取圖 - 건물 따위의 모양이나 배치를 알기 쉽게 그린 그림.

겸창鎌槍 - 창날 부분에 낫이 달려 있는 창.

계도戒刀 - 스님이 항상 지니고 다니는 작은 칼.

고가이笄 - 칼집에 꽂아 넣는 가늘고 납작한 도구. 투구나 모자 따위를 썼을 때 머리의 가려운 곳을 긁는 데 썼음.

고가쿠古學 - 에도江戶 시대에 일어난 유학儒學의 일파로 일본의 고대 문화와 사상 등을 밝히고자 한 학문.

고다치小太刀 - 작은 칼. 또는 그런 칼을 쓰는 검술.

고마키 전투小牧の合戰 - 고마키 · 나가쿠테 전투小牧 · 長久手の戰い. 1584년 4월 일본의 도요토미 히데요시 군과 도쿠가와 이에야스 군이 고마키 산小牧山 나가쿠테에서 격돌한 전투.

고무소虛無僧 - 보화종普化宗의 승려. 장발에 장삼을 입고 삿갓을 깊숙이 쓰고 퉁소를 불며 각처를 수행함.

고산五山 - 교토고산京都五山의 줄임말로 교토에 있는 임제종臨濟宗의 5대 사찰인 덴류 사天竜寺, 쇼코쿠 사相国寺, 겐닌 사建仁寺, 도후쿠 사東福寺, 만주 사万寿寺를 말한다.

고소데小袖 - 통소매의 평상복.

고쇼御所 - 일왕의 거처, 궁궐.

고시鄕士 - 농촌에 토착해서 사는 무인, 또는 토착 농민으로 무인 대우를 받는 사람.

고제이行成 풍 – 헤이안平安 시대 중기의 서예가 후지와라 유키나리藤原行成의 서체.

고쿠시國司 – 옛날 조정에서 지방에 파견한 지방관.

고킨초古今調 – 일본 전통 시가 문학 작품집인 〈고킨와카슈古今和歌集〉에 실린 와카의 지극히 곡선적이고 부드러운 묘미가 있는 시풍.

고타쓰炬燵 – 나무로 만든 밥상에 이불이나 담요 등을 덮은 것. 상 아래에 화덕이나 난로가 있다.

공안公案 – 깨달음을 구하기 위해 참선하는 수행자에게 해결해야 할 과제로 제기되는 부처나 조사의 파격적인 문답 또는 언행.

과거장過去帳 – 절에서 죽은 사람들의 속명 · 법명 · 죽은 날짜 따위를 기록해두는 장부.

교쿠요슈玉葉集 – 가마쿠라 시대에 칙명으로 시가나 문장 따위를 추려서 만든 노래 책.

교하치류京八流 – 일본의 검술 유파. 헤이안 시대 말기에 기이치 호겐鬼一法眼이 교토 구라마 산鞍馬山에서 여덟 명의 승려에게 검법을 전수받은 것을 시조로 하여 오늘날까지 전해지는 일본의 모든 검법의 원류가 되었다.

구로도노토蔵人頭 – 왕의 직속 비서 역할을 하던 관청인 구로도노도코로蔵人所의 우두머리.

권율사權律師 – 일본의 율령제에서 승려의 관직 중 하나인 율사 중 가장 낮은 직급.

귀계歸戒 – 삼보三寶에 귀의하는 계법.

근행勤行 – 시간을 정해놓고 부처 앞에서 독경하거나 예배하는 일.

금란金襴 – 황금색 실을 섞어서 짠 바탕에 명주실로 봉황이나 꽃의 무늬를 놓은 비단.

금비라金毘羅 – 여러 야차들을 거느리고 불법을 지키기를 서원誓願한 야차왕의 우두머리.

긍갈라동자 – 부동명왕不動明王을 왼쪽에서 보좌하는 동자.

긴키近畿 – 일본 혼슈의 중앙부, 오사카, 교토 등지.

– ㄴ –

나가미쓰長光 – 가마쿠라 시대 후기의 도공으로 현존하는 수많은 명검을 만든 도공.

나가야長屋 – 칸을 막아서 여러 가구가 살 수 있도록 길게 만든 집. 연립 주택.

나가야몬長屋門 – 좌우로 여러 가구가 살 수 있도록 칸을 막아 길게 만든 집인 나가야의 가운데에 있는 문.

나기나타薙刀 – 일본식 언월도.

나나쿠사七草 **날** – 봄의 대표적인 일곱 가지 나물인 미나리, 냉이, 떡쑥, 별꽃, 광대나물, 순무, 무를 음력 1월 7일에 만병을 예방하기 위해 죽에 넣어서 먹는 날.

나무묘법연화경南無妙法蓮華經 - 법화경의 가르침으로 귀의한다는 뜻.

난도納戶 - 에도 시대에 금은, 의복, 세간 등의 출납을 맡은 직명.

남만선南蠻船 - 포르투갈이나 스페인 등 유럽에서 일본으로 온 무역선.

낫쇼納所 - 잡무를 맡아 처리하는 하급 승려를 가리키는 낫쇼보즈納所坊主의 준말.

노가쿠能樂 - 일본의 대표적인 가면 음악극.

노다치野太刀 - 일본도 중에서 칼날이 가장 긴 칼.

노바카마野袴 - 옷자락에 넓은 단을 댄 무사들의 여행용 하카마.

노부시野武士 - 옛날에 산야에 숨어서 패잔병 등의 무기를 탈취하기도 하던 무사나 토민의 무리.

니노마루二の丸 - 성의 중심 건물 바깥쪽에 있는 성곽.

니치렌 종日蓮宗 - 가마쿠라 시대에 니치렌日蓮 대사가 창시한 일본 불교 종파의 하나.

- ㄷ -

다몬多門 - 성의 석축 위에 이어 지은 건물. 무기고와 방벽을 겸했음.

다스키襷 – 양어깨에서 양겨드랑이에 걸쳐 X자 모양으로 엇매어 일본 옷의 옷소매를 걷어 매는 끈.

다유太夫 – 노, 가부키 등의 상급 연예인 혹은 최고급 기녀를 지칭하는 말.

다이나곤大納言 – 우다이진 다음의 정부 고관으로, 다이죠칸太政官의 차관.

다이라노 마사카도平の将門**의 난** – 헤이안 시대인 939년 다이라노 마사카도가 간토 지역의 8개 지방 관청을 점령하고 자신을 새로운 왕으로 칭한 반란 사건.

다이묘大名 – 넓은 영지를 가진 무사. 특히 에도 시대에 봉록이 1만 석 이상인 무가武家.

다이묘코지大名小路 – 다이묘의 저택이 들어선 거리를 부르는 말.

다이시류大師流 – 헤이안 전기 진언종眞言宗의 개조인 고보 대사弘法大師를 원류로 하는 서도의 유파.

다이코太閤 – 섭정의 높임말로 특히 도요토미 히데요시를 일컬을 때가 많음.

다이코마루太閤丸 – 섭정 등이 머무는 중심 성.

다이코바리太閤張 – 도요토미 히데요시가 즐겨 쓰던 담뱃대를 모방하여 만든 것.

다카쓰키高坏 – 음식을 담는 굽 달린 그릇.

닷쓰케裁着 – 무릎께를 끈으로 묶어 아랫도리를 가든하게 한 치마바지.

데라마치寺町 – 절이 많은 구역.

데라자무라이寺侍 – 절의 업무를 보거나 절을 지키는 무사.

덴구天狗 – 얼굴이 붉고, 코가 높으며 신통력이 있어 하늘을 자유로 날면서 깊은 산속에 산다는 상상 속의 괴물.

덴소伝奏 – 상주上奏를 전하여 아뢰는 직책.

덴슈카쿠天守閣 – 성의 중심부인 아성牙城의 중앙에 3층 또는 5층으로 제일 높게 만든 망루.

도군류東軍流 – 검술 유파의 하나. 가와사키 가기노스케川崎鑰之助가 도군 소조東軍僧正 등에게 사사하여 창시했다.

도리베 산鳥邊山 – 11세기 이후 화장터와 묘지로 알려진 곳.

도리이鳥居 – 신사의 기둥 문.

도소屠蘇 – 산초, 방풍, 백출, 밀감 피, 육계 피 따위를 섞어서 술에 넣어 연초에 마시는 약주.

도슈堂衆 – 엔랴쿠 사에 속한 승병의 중추적 집단.

도신同心 – 경찰, 서무를 담당한 하급 관리.

도자마 다이묘外様大名 – 세키가하라 전투 후 도쿠가와 가를 섬기기 시작한 다이묘.

도케이土圭 – 시간을 재거나 시각을 알리는 기계.

도코노마床の間 – 일본식 방의 상좌上座에 바닥을 한층 높게 만든 곳.

두타대頭陀袋 - 여러 곳을 돌아다니며 도를 닦는 승려가 옷가지를 넣어 걸고 다니는 자루.

- ㄹ -

라쿠호쿠洛北 - 교토의 북쪽 지역을 일컬음.

렌가連歌 - 두 사람 이상이 와카의 윗구에 해당하는 5 · 7 · 5의 장구와 아랫구에 해당하는 7 · 7 단구를 번갈아 읊어 나가는 형식의 노래.

로추老中 - 에도 막부에서 쇼군에 직속되어 정무를 통할하던 최고의 직책. 또는 그 사람.

- ㅁ -

마메즈시豆厨子 - 불상을 넣은 작은 상자.

마에가미前髪 - 관례 전의 사내아이가 이마 위에 땋아 올리는 머리.

마치부교町奉行 - 에도, 오사카, 슨푸 등지에 두고 시중의 행정, 사법, 소방, 경찰 따위의 직무를 맡아보았음. 또 에도 이외에는 각기 지명을 앞에 붙였음.

막부幕府 - 12세기에서 19세기까지 쇼군을 중심으로 한 일본의 무사 정권을 지칭하는 말.

만요万葉 - 〈만요슈萬葉集〉에 실린 시가의 시풍, 남성적이고 씩

씩하다.

모모야마桃山 **시대** - 도요토미 가문이 일본 전국을 지배하던 시기.

몬젠마치門前町 - 신사나 절 앞에 이루어진 시가.

무로마치室町 **시대** - 1338~1573. 아시카가 다카우지足利尊氏가 무로마치 막부를 개설한 이후 오다 노부나가織田信長에 의해 막부가 쓰러질 때까지의 시대.

무명無明 - 불교 용어로 잘못된 의견이나 고집 때문에 모든 법의 진리를 깨닫지 못하는 마음의 상태를 이른다. 모든 번뇌의 근원이 된다.

무우화無憂華 - 석가의 어머니가 그 밑에서 석가를 고통 없이 순산한 보리수의 꽃.

- ㅂ -

바디 - 베틀, 가마니틀, 방직기 따위에 딸린 기구의 하나.

반고지反古紙 - 글씨 따위를 써서 못 쓰게 된 종이.

발도술拔刀術 - 칼을 칼집에 넣은 상태에서 빠르게 칼을 뽑아내 일격을 날리거나 상대의 공격을 받아넘기는 품새.

방장方丈 - 화상和尙, 국사國師 등의 고승高僧이 거처하는 처소.

번藩 - 에도 시대 다이묘의 영지나 그 정치 형태.

번사藩士 - 번에 소속된 무사.

보쿠덴류卜傳流 – 일본의 검신이라 불리는 쓰카하라 보쿠덴塚原卜傳이 창시한 검술 유파.

부교奉行 – 무가 시대에 행정 사무를 담당한 각 부처의 장관.

부교쇼奉行所 – 각 부처의 장관인 부교의 관청.

불목하니 – 절에서 잡일을 하는 남자.

- ㅅ -

사가리마쓰下り松 – 옛날부터 여행자의 표시로 계속 심어온 소나무. 이치조 사의 상징이 되었고, 지금 남아 있는 소나무는 4대째다.

사다이진左大臣 – 다이죠칸의 장관.

사문沙門 – 불문에 들어가서 도를 닦는 사람을 이르는 말.

사미沙彌 – 십계十戒를 받고 구족계具足戒를 받기 위하여 수행하고 있는 어린 남자 승려.

사스마타刺叉 – 긴 막대 끝에 U자 모양의 쇠를 꽂은 무기. 에도 시대에 범인이나 난동을 부리는 자의 목이나 팔다리를 눌러 잡는 데 썼음.

사이교西行 – 헤이안 시대에 활동한 승려이자 시인이다. 23세 때 무사의 신분을 버리고 승려가 되어 일본의 전통 시가인 와카를 남겼다.

사이토 사네모리斎藤実盛 – 헤이안 시대의 무사로 마지막 전투

때 비단 예복을 입고 백발을 검게 물들이고 싸웠다는 전설이 전해짐.

사카야키月代 – 남자가 관冠이 닿는 이마 언저리의 머리카락을 반달 모양으로 미는 것. 또는 그 부분.

산문山門 – 절 또는 절의 바깥문.

산사시구레さんさ時雨 – 1589년, 다테 마사무네가 아이즈会津 지방의 다이묘인 아시나蘆名를 스리아게하라摺上原 전투에서 격파한 직후에 다테 군의 장병들이 만들어서 부른 민요.

산카슈山家集 – 일본 헤이안 시대 말기의 시인인 사이교가 23세에 출가하여 은거, 방랑의 일생을 보내며 쓴 작품을 모아 만든 시집.

샤미센三味線 – 일본 고유의 음악에 사용하는, 세 개의 줄이 있는 현악기.

서徐 · **파**破 · **급**急 – 일본 아악雅樂의 무악舞樂에서 나온 개념으로 서는 '무박자' 또는 '저속도'로 전개되고, 파로부터 박자가 부가되고, 급에서 가속으로 들어간다.

세키주쿠関宿 – 도카이도東海道 53개 역참 중 47번째 역참이다. 교통의 요충지로 동서 약 1.8킬로미터에 여관이 모여 있는 마을이다.

센고쿠戰國 **시대** – 일본 무로마치 시대의 말기인 15세기 후반부터 16세기 후반까지 군웅이 할거하여 서로 다투며 사회적, 정치적 변동이 계속된 내란의 시기다.

소바유蕎麦湯 – 메밀을 삶은 물.

소슈모노相州物 – 소슈相州의 도공刀工 오카자키 고로 마사무네岡崎五郎正宗 일파가 만든 도검류의 총칭.

쇄겸鎖鎌 – 낫과 추가 달린 쇠사슬로 이루어진 무기.

쇼겐将監 – 근위부 판관.

쇼군将軍 – 세이이타이쇼군征夷大将軍을 말하며 무신 정권 시대 막부의 최고 권력자.

쇼묘小名 – 에도 시대 녹봉 1만 석 이하의 제후.

쇼시다이所司代 – 에도 시대에, 교토의 경비와 정무政務를 담당하던 자.

슈젠主膳 – 궁궐에서 식품 조달과 관리, 회식 등을 관장하는 직책.

슴베 – 칼, 괭이, 호미 따위의 자루 속에 들어박히는 뾰족하고 긴 부분.

시라스白洲 – 에도 시대에 재판을 하고 죄인을 문초하던 곳.

신란親鸞 – 일본 가마쿠라 시대의 불교 승려로 악인정기설을 주장하며 새로이 정토진종을 열었다.

신메神馬 – 신사에 바친 말.

신카게류新陰流 – 가미이즈미 노부쓰나上泉信綱에 의해 창시된 검술 유파로 죽도를 사용한 검술 수련법을 최초로 도입하였고, 검술 실력에 따라 초급, 상급, 면허소지자를 구분하는 승단 체계를 확립했다.

쌍수음성雙手音声 – 에도 시대의 선승인 하쿠인白隱이 창안한 선의 대표적인 공안 중 하나.

쓰지기리辻斬 – 옛날, 무사가 칼을 시험하거나 검술을 닦기 위해 밤길에 숨었다가 행인을 베던 일, 또는 그 무사.

- ㅇ -

아난다 – 석가모니의 10대 제자 중 한 사람.

아마테라스오미카미天照皇大神 – 일본 신화에 나오는 왕실의 시조신.

아시가루足輕 – 무가에서 평시에는 잡역에 종사하다가 전시에는 병졸이 되는 최하급 무사.

아시카가足利 **시대** – 무로마치 시대. 1336~1573. 아시카가 씨에 의한 무가 정권 시대.

아오마유青眉 – 옛날, 결혼한 여성은 눈썹을 밀었는데 그 모습을 나타내는 말.

야쿠료役寮 – 각지에 자신의 절을 갖고 있으면서 수행승을 교육하기 위해 다른 절에 가 있는 노승.

에보시烏帽子 – 귀족이나 무사가 쓰던 두건의 일종.

오고쇼大御所 – 은퇴한 쇼군을 가리키거나 그 거처의 높임말.

오닌의 난応仁の乱 – 일본 무로마치 시대의 오닌 원년인 1467년 1월 2일에 일어난, 쇼군 후계 문제를 둘러싸고 지방의 슈고 다

이묘守護大名들이 교토에서 벌인 항쟁. 센고쿠 시대가 시작되는 계기가 되었다.

오도悟道 – 불도의 진리를 깨달음. 또는 그런 일.

오야지親父 – 자신의 아버지나 남의 아버지를 일컫는 말로 쓰이기도 하고, 노인이나 아저씨, 가게 주인 등을 친근하게 부를 때 쓰는 말이기도 하다.

오츠에大津絵 – 겐로쿠元禄 시대에 오미近江 지방 오츠大津에서 팔던 그림. 본디는 불화佛畫였지만 나중에 희화戲畫로 바뀌었음.

오치고お稚児 – 신사나 사찰의 축제 행렬에 때때옷을 입고 참가하는 어린이.

오케하자마桶狭間 **전투** – 이마가와 요시모토今川義元, 이마가와 우지자네今川氏眞 부자가 대군을 이끌고 침공해오자 오다 노부나가가 소수의 병력으로 기습하여 승리로 이끈 전투.

오쿠가키奥書 – 사본 끝에 필자 이름, 베낀 사정, 연월일 등을 쓴 것.

오쿠노인奥の院 – 본당 안쪽에 있는 본존本尊, 영상靈像을 모신 건물.

오토메류お止流 – 야규류는 쇼군 가의 사범을 맡고 있기 때문에 다른 유파와의 결투는 일절 금한다는 것을 오토메류라고 불렀다.

오하라고코大原御幸 – 다이라 씨 가문이 멸망한 후 오하라로 출가해서 은거한 겐레이몬인을 고시라가와後白河 법왕이 은밀히 방문했다는 고사.

오하라메大原女 – 교토 교외의 오하라 마을에서 땔나무, 목공품 따위를 팔러 짐을 머리에 이고 교토 시내로 나오는 여자.

온나 가부키女歌舞伎 – 가부키는 에도 시대에 발달하고 완성된 일본 특유의 민중 연극이다. 그중에서 온나 가부키는 에도 시대에 여자가 중심이 되어 연기를 하던 가부키를 말하는데, 풍기상의 이유로 1629년에 폐지되었다.

와리다케割竹 – 끝을 잘게 쪼갠 대나무. 옛날에 야경꾼이 소리를 내면서 끌고 다니거나 죄인을 때릴 때 썼음.

와스레가이忘れ貝 – 조개의 일종. 껍질이 두껍고 편평한 편이다. 대부분 원형이고 지름이 6센티미터 내외다. 이 조개의 껍데기 중 떨어져 나간 한쪽을 주우면 사랑하는 사람을 잊을 수 있다고 한다.

와카和歌 – 일본에서 옛날부터 내려온 정형의 노래. 31음을 정형으로 하는 단가를 이르는데, 넓은 뜻으로는 중국에서 온 한시에 대해 일본 고유의 시를 이르기도 한다.

와키자시脇差 – 일본도의 일종으로 큰 칼에 곁들여 허리에 차는 작은 칼.

요닌用人 – 에도 시대에 다이묘 밑에서 서무, 출납 등을 맡던 사람.

요리키与力 – 에도 시대에 부교, 쇼시다이 등의 휘하에서 부하인 도신을 지휘하던 관직.

우다이벤右大弁 - 종4품의 관직명.

우다이진右大臣 - 우의정에 해당하는 직급.

우치카케裲襠 - 여자들이 옷 위에 걸쳐 입는 덧옷, 무사 부인의 예복.

유카타浴衣 - 목욕을 한 뒤 또는 여름철에 입는 무명 홑옷.

육도삼도六道三途 - 육도란 지옥, 아귀, 축생, 수라, 인간, 천상의 세계를 말하고, 삼도란 악인이 죽어서 가는 세 가지의 괴로운 세계 즉, 삼악도를 뜻한다.

육지장六地藏 - 육도六道에서 중생의 고환苦患을 구한다는 여섯 지장.

이아이居合 - 앉은 자세에서 재빨리 칼을 뽑아 적을 베는 검술.

이치메가사市女笠 - 한가운데를 상투처럼 올리고 옻칠을 한 여자용 삿갓.

인롱印籠 - 약 따위를 넣어 허리에 차는 타원형의 작은 합.

일도삼례一刀三禮 - 불상을 조각할 때 칼을 한 번 대는 데 세 번 기도를 올리고 새긴다는 뜻으로 진지한 자세와 진지하게 기원하는 마음을 나타내는 것.

일민逸民 - 학문과 덕행이 있으면서도 세상에 나서지 아니하고 묻혀 지내는 사람.

잣쇼雜掌 - 귀족이나 신사 등에 소속되어 그 대리로서 소작료의 징수, 기타 용무를 담당하던 사람.

정町 - 거리의 단위로 1정은 약 109미터.

조닌町人 - 일본 에도 시대의 경제 번영을 토대로 17세기에 등장하여 빠르게 성장한 사회 계층이다. 도시에 거주했으며 대부분 상인과 수공업자들이었다.

조條 - 시가의 구획수를 세는 말.

좌주座主 - 절의 교무를 주관하는 수석 승려.

지슈곤겐地主權現 - 기요미즈 사清水寺의 경내에 있는 토착신을 모시는 사당.

진바오리陣羽織 - 진중에서 갑옷 위에 걸쳐 입던 소매가 없는 겉옷.

짓테十手 - 에도 시대에 포리가 방어와 타격을 위해 휴대하던 도구. 50cm 정도의 쇠막대로서 손잡이 가까이에 갈고리가 있으며, 손잡이에 늘어뜨린 술의 빛깔로 소관을 나타냄.

짓토쿠十德 - 칡 섬유로 짠 소맷자락이 넓고 옆을 꿰맨 여행복.

- ㅊ -

챠즈케茶漬 - 더운 찻물에 만 밥.

총림叢林 - 많은 승려가 모여 수행하는 곳을 통틀어 이르는 말.

취침吹針 - 중국에서 전해진 것으로 알려져 있으며 바늘을 입에 물고 불어서 적의 눈을 맞히는 것이 목적이다.

칠당가람七堂伽藍 - 전각殿閣, 강당講堂, 승당僧堂, 주고廚庫, 욕실浴室, 동사東司, 산문山門을 모두 갖추고 있는 사찰.

- ㅌ -

투쟁즉보리鬪爭卽菩提 - 투쟁은 곧 번뇌를 끊고 진리를 깨닫는 일.

투쟁즉시도鬪爭卽是道 - 투쟁은 곧 옳은 길을 가는 일.

- ㅍ -

패도佩刀 - 허리에 차는 칼.

- ㅎ -

하오리羽織 - 일본 옷 위에 입는 짧은 겉옷.

하이카이俳諧 - 에도 시대에 유행한 시가의 한 형식.

하치만八幡 - 하치만 신의 줄임 말, 오진應神 왕을 주신으로 하는 궁시弓矢의 신.

하카마袴 - 일본 옷의 겉에 입는 주름 잡힌 하의.

하타모토旗本 - 에도 시대에 쇼군에 직속된 무사로서 직접 쇼군을 만날 자격이 있는 녹봉 1만 석 미만, 500석 이상인 자.

하타사시모노旗指物 - 옛날 싸움터에서 갑옷의 등에 꽂아 표지로 삼던 작은 깃발.

한테이藩邸 – 제후의 저택, 일종의 관사.

한행寒行 – 한겨울 30일 동안 추위를 참는 고행.

행원行願 – 신행身行과 심원心願을 통틀어 이르는 말로 다른 이를 구제하고자 하는 바람과 그 실천 수행이다.

헤이케비와平家琵琶 – 다이라平 가문의 흥망을 서술한 군담 소설인《헤이케 이야기平家物語》에 곡을 붙여 주로 비파를 반주로 하여 부르는 노래.

호겐 이야기保元物語 – 1156년에 일어난 호겐의 난을 배경으로 쓴 군담 소설.

호분胡粉 – 조갯가루로 만든 흰색 안료.

홍련지옥紅蓮地獄 – 팔한八寒 지옥의 하나.

효조쇼評定所 – 에도 막부의 최고 재판소.

후다이 다이묘譜代大名 – 세키가하라 전투 이전부터 대대로 도쿠가와 가문을 섬겨온 다이묘.

훈도시褌 – 남성의 음부를 가리기 위한 폭이 좁고 긴 천.

히가시야마도노東山殿 – 무로마치 막부의 8대 쇼군인 아시카가 요시마사足利義政가 히가시 산에 지은 산장.

히요도리고에鵯越え **전투** – 1184년, 미나모토노 요시쓰네源義経가 70기의 정예 기병으로 히요도리고에 절벽을 말을 탄 채 내려가 절벽 아래에 진을 치고 있던 다이라平 씨의 10만 대군을 물리친 전투.

히요케치火除地 – 에도 시대에 불이 났을 때 불이 크게 번지는 것을 막기 위해 만든 공터.

히젠모노肥前物 – 히젠의 도공刀工 다다요시忠吉 일가 및 그 문하생이 연마한 칼의 총칭.

요시카와 에이지 대하소설

미야모토 무사시 | 10 | 엔메이円明의 권 下

한국어판 ⓒ 도서출판 잇북 2020

1판 1쇄 인쇄 2020년 3월 20일
1판 1쇄 발행 2020년 3월 27일

지은이 | 요시카와 에이지
옮긴이 | 김대환
펴낸이 | 김대환
펴낸곳 | 도서출판 잇북

책임디자인 | 한나영
인쇄 | 에이치와이프린팅

주소 | (10893) 경기도 파주시 와석순환로 347, 212-1003
전화 | 031)948-4284
팩스 | 031)624-8875
이메일 | itbook1@gmail.com
블로그 | http://blog.naver.com/ousama99
등록 | 2008. 2. 26 제406-2008-000012호

ISBN 979-11-85370-35-4 04830
ISBN 979-11-85370-25-5(세트)

이 도서의 국립중앙도서관 출판예정도서목록(CIP)은 서지정보유통지원시스템 홈페이지(http://seoji.nl.go.kr)와 국가자료종합목록 구축시스템(http://kolis-net.nl.go.kr)에서 이용하실 수 있습니다. (CIP제어번호 : CIP2020009854)